U0009764

千羽鶴

千羽鶴

Senbazuru

川端康成
Kawabata Yasunari

劉子倩 譯

目次 contents

總導讀

生生流轉的美麗與哀愁——川端康成作品集解說

吳佩珍

二〇二二年適逢川端康成（一八九九～一九七二）謝世五十週年，各界或出版專書，或舉行特展紀念，臺灣的紀州庵文學森林也舉行「川端康成．大江健三郎的島嶼紀行」特展。川端康成除了是日本第一位獲得諾貝爾文學獎的作家，同時也被視爲二十世紀最重要的文學巨匠之一，其文壇重要性可見一斑。此外，他引領的文學現象至今仍未停歇，從以下幾點便可窺見：一、主要作品的文庫版至今持續再版中；二、日本作家中擁有最多翻譯作品者；三、一九七〇年創設的川端研究會對其作品研究的推展不遺餘力，研究者遍布全球。川端文學風潮之所以歷久不衰，其文學特質以及在性／別與引人爭議的政治思想問題點，都是主因。從新感覺派出發，其作品的視點與主題至今依然歷久彌新：穿越文學與電影之間的媒體性與視覺性、解構性／別重新解讀的酷兒研究、現代主義作爲作品主軸的時代性意義、以政治視點重新解讀其作爲二十世紀文學旗手的定位問題。無論從在地化還是全球化的觀點來看，川端康成無疑是最適合被閱讀與被討論的作家。

川端文學的分水嶺，可說是一九四五年八月十五日的日本敗戰。戰後初期，川端自文壇出道以來的親密戰友相繼謝世，如橫光利一（一八九八～一九四七）、菊池寬（一八八八～一九四八）。回顧自己前半生的同時，對戰後的人生，他如是說：「我將自己戰後的生命當作餘生，餘生並不屬於我，想像那是日本美的傳統的展現也不會感到不自然。」對日本傳統美與文化的追求，帶有戰爭傷痕與暗影的人物形塑，以及「佛界易入、魔界難進」的禪宗思想底流，都是戰後川端文學的主要元素。

木馬文化此次出版的川端康成作品選集，網羅川端文學各個階段的代表作品，對欲深入川端文學世界的讀者，是一大福音。包含《伊豆的舞孃》、《淺草紅團》、《雪國》、《舞姬》、《千羽鶴》、《山之音》、《湖》、《名人》、《睡美人》、《古都》、《美麗與哀愁》、《掌中小說》，以及《初戀小說》——收錄以川端初戀情人初代爲藍本的作品群。以下將就各個作品的梗概與評價進行介紹。

《伊豆的舞孃》（一九二六）是川端自述「最受到喜愛的作品」。故事梗概爲高校生「我」前往伊豆旅行途中與流浪藝人相遇，年輕的舞孃薰與「我」之間透過話語與遊戲，關係逐漸親近。薰在澡堂遠遠見到「我」，赤裸著身體跑到門口高聲呼喊，是本作的知名場景。我「只覺心頭一陣清涼」，爽朗地微笑回應，感覺「她是個孩子」。之後無意間，聽到薰與人提及：「我」是個好人，讓因自幼喪失所有至親，性格因「孤兒根性」而扭曲，深感煩悶的「我」非常感動。最後分別時，「我」的心情感覺到既美麗又空虛，「任淚水橫流」，爲「什麼都不留那般的甜美暢快」所包圍。本作帶有川端康成自身濃厚投影的自傳事實，其中少女的純粹、「孤兒根性」與療癒，是川端文學反覆出現的書寫主題。自戰前至今，川端的多數作品被改編爲影視劇，《伊豆的舞孃》被改編爲電影的次數高達六次，爲日本近代文學之冠。舞孃薰一角由各個時期的代表女優與偶像主演，如田中絹代、美空雲雀、吉永小百合、山口百惠等。此作因而被譽爲「確立女優神話」的試金石，這恐怕連川端本人也始料未及。

《淺草紅團》（一九三〇）敍述作家「我」偶然在後街遇見美少女弓子，之後又結識了與弓子相貌並無二致的少年明公；明公便是變裝的弓子。藉由弓子，「我」結識了紅團的少年少女，同時巡查探訪淺草。弓子一直以來想對赤木復仇，因爲姊姊千代在關東大地震時遭其誘姦，導致她的瘋狂。弓子在船中口含亞砒酸丸，與赤木接吻。此時，「我」與春子正在地下鐵食堂的尖塔上，紅團團員則在同一地點目擊了外套染血的弓子被拉進船艙，之後她便行蹤不明。某日，「我」在蒸汽船上目擊扮作賣油女的弓子。從作品最後來看，可知《淺草紅團》是一個「未完結」的作品。此作出版的一九三〇年，東京舉行了「帝都復興祭」——一九二三年的關東大地震摧毀了百分之四十三的東京都，歷經六年半的建設與復興，東京的現代化道路已經足以與倫敦、巴黎媲美，淺草的隅田公園與橋梁的摩登景觀，正是新生東京的象徵。不過淺草象徵並不止於現代性，《淺草紅團》中引用添田啞蟬坊的《淺草底流記》，便是當時淺草表象的代表性言說：「淺草是眾人的淺草……混合各種階級與人種匯聚成一股洪流，不分黑夜白天永無止境，是深不可測的洪流。」這也成爲一九三〇年代的淺草表徵，川端的《淺草紅團》便是將如此言說小說化的作品。全作散見過剩的都市斷片，此外透過弓子的多重身分與變身，呈現淺草三教九流人口的複雜構成。作品的「未完結」即是淺草「深不可測」的象徵。

《雪國》（一九四八）開端的「穿越國境那長長的隧道，便是雪國」，從其爲人熟知的程度，說是川端康成知名度最高的作品也不爲過。連載期間從戰前至戰後，長達十三年（一九三五～一九四七）。作爲單行本發行前，歷經繁複的改稿過程，是川端的代表作。

故事敍述「無爲徒食」的主人公島村在火車上偶遇照拂病人的女孩，望著女孩映照在車窗的臉，回想起自己初次造訪北國的溫泉鄉——也是蠶絲與縮緬的產地，以及當時結識的藝伎駒子的情景。此次相隔半年再次造訪，與駒子再會，同時發現同乘火車的女孩叫葉子，其照拂的病人則是駒子師傅的兒子行男。第三度造訪時，已進入秋季。葉子冷不防要求島村帶自己回東京，讓島村興起不得不離開此地的念頭。島村正想著離開的時機，放映電影的蠶繭倉庫起火，與駒子趕到現場時，目擊葉子自倉庫的二樓落下。伴隨駒子尖銳的高喊聲，此時島村抬頭仰望，天上銀河宛如發出聲響，落入島村體內般。此作以日本古典傳統、藝能與風土，如東洋舞踊、歌舞伎和藝伎爲背景，結合現代主義的描寫技法，如以車窗爲鏡像，隨火車前行，在夕陽餘暉映照下葉子「非現實感」的臉龐，甚而三味線琴音如漩渦般將島村的身體捲入任由拉扯，都是此作膾炙人口的橋段。以展現現代性的文學技巧描摹日本傳統風土，是此作獲得世界性矚目的主因。

《舞姬》（一九五一）描寫女主人公波子與家教老師矢木結婚二十餘年，育有夢想成爲芭蕾舞者的女兒品子與大學生兒子高男。一家生計均由波子的芭蕾舞教室維持，舊友竹原則是波子商談的對象。朝鮮戰爭之初，矢木陷入戰爭恐慌症，與高男企圖逃往海外。波子發現自己愛上了竹原，決意離婚。品子則奔向心儀的香山身邊。矢木一家陷入分崩離析。此作被評爲：對於將戰後的私小說與報導當作小說閱讀的讀者而言，作者證實了小說也是文學，也能夠是藝術。此外，戰後川端文學基調的「魔界」，首次出現在此作。波子、品子與友子三位芭蕾舞者，因未能如作中描述的天才舞蹈家尼金斯基般，成爲「進入魔界的眞正藝術家」，這般「無力感」反映出川端的戰後觀與認知。活在煩惱之人將如此「自我投影」的姿態視爲美，將煩惱（現實的醜惡）昇華至美，即是「魔界」的特徵，也是作家川端的一種創作方式。一九六八年獲得諾貝爾文學獎的紀念演講中，川端進一步言及源自一休宗純禪師的「佛界易入、魔界難進」，即「魔界」一詞的出處。

《千羽鶴》（一九五二）以茶道世界爲背景，描寫三谷菊治與父親的情婦太田夫人及其女兒文子在茶會上相遇，同是父親情婦的栗本千佳子與其弟子稻村雪子也出現在茶會上。太田夫人因菊治貌似父親而心生愛戀，兩人進而發展爲男女關係。知道兩人關係的栗本千佳子企圖破壞兩人，卻反而加深其情感。太田夫人因陷入愛欲與罪疚的兩難境地，最後自行結束生命。菊治雖爲稻村雪子所吸引，卻仍由與太田夫人的身體彷佛並無二致的文子奪去了自己的心，之後與文子在自家的茶室發生關係。事後，文子將母親遺物志野茶碗在洗手缽砸碎後，便失去蹤影。之後，菊治迎娶雪子，但因與太田母女的敗德與亂倫關係，導致遲遲無法與雪子有實質的夫妻關係，菊治的苦惱與日俱增。《千羽鶴》幾經增幅，收入最終章的版本在一九五二年出版，續篇《波千鳥》則在一九五六年出版。此作被視爲「傳統美的承襲者，其愛欲世界與珍稀茶器的世界完全重疊，展現出『美的絕對境界』」，作中錯綜複雜的愛欲與人際關係則承襲了《源氏物語》與中世文學的源流。

《山之音》（一九五四）以鎌倉爲舞臺，描寫終戰不久後，六十二歲的尾形信吾一家四口的生活日常。除了信吾，還有妻子葆子，從戰場歸來的長男修一及其妻菊子。一家人的日常便是一起觀賞電影《勸進帳》、颱風停電、長女房子離婚回娘家，以及出席友人葬禮。其中的「非日常」便是菊子的人工流產事件；這肇因於修一與戰爭未亡人絹子的不倫關係，象徵戰爭傷痕的陰影籠罩信吾一家。此作對戰後不久家族的日常生活做出精緻的寫實描繪，即使如此，信吾仍在這日常之中發現了美與神祕。例如「山之音」一章，他在月夜的庭園中聽著「彷彿夜露在樹葉與樹葉間落下的聲音」。作品整體蘊含詩的結構，這可從同樣的主題在各章反覆出現的組成所看出。如「做夢」在第二章「蟬翅」、第五章「島之夢」、第八章「夜之聲」、第十二章「傷後」、第十四章「蚊群」、第十五章「蛇卵」的反覆描寫。一九五四年的改編電影由擅長女性電影的成瀨巳喜男執導，原節子演出，川端也表示是自己喜歡的電影。

《名人》（一九五四）經過長期的增幅與推敲，自一九三八年起以〈名人引退棋賽觀戰記〉爲題，在《東京日日新聞》連載。一九五四年則以《吳清源棋談・名人》爲題，發行單行本，敍述第二十一世本因坊秀哉名人在一九四〇年一月十八日早晨於熱海的鱗屋旅館去世，距離其最後的圍棋賽結束，僅過一年。生平無敵手的名人在生涯最後的勝負敗下陣來，名人之死被視爲其個人以及傳統藝道的終焉。一九三八年於芝的紅葉館對局，在嚴格平等的規範下進行比賽。相較於對手善用棋盤之外的戰術，如巧妙運用休息時間等，以圍棋傳統爲藝道的名人根本不敵盤外的爾虞我詐，就此輸掉生涯的最後一戰。針對此作的文類到底是隨筆還是小說，各有主張。另一方面，此作的新視點，則是將個人相對於時代，將日本的敗戰與名人的敗陣，進行重層化的解讀。

《湖》（一九五五）曾被文藝評論家中村眞一郎評爲：「戰後的日本小說中最値得矚目的完美成就。」本作也是戰後川端文學主軸「魔界」的本格化作品。主人公桃井銀平自喩爲「魔界的居住者」，故事整體以其奇特行徑爲主軸，若是中意的美麗女性，便加以尾隨。遇見美少女町枝時，銀平妄想著：「想在這美麗黑色眼珠中的湖泊裸泳。」書中將他對女性暗藏的情念，以現實、回顧、幻想、妄想形式呈現，這些情念以連鎖串聯的「意識流」描寫，推進故事的開展。這樣的聯想文學形式，中村眞一郎指出是日本中世文學的連歌手法再現。此外，此作被認爲是從寫實主義的桎梏中解放，與法國象徵主義文學產生共通性。

《睡美人》（一九六一）爲五章構成的中篇小說，被視爲「魔界」主題作之一。是川端文學後期的代表作，具前衛與頹廢意趣。敍述由已喪失男性機能的賦閒老人組成的「祕密俱樂部」，俱樂部會員之一的江口老人在海邊旅館中，與因服用安眠藥而失去意識陷入昏睡、全身赤裸的年輕女子們度過夜晚的故事。主人公自覺步入老衰，在這歡樂館邸中仔細眺望「睡美人」們的年輕肉體，同時回想過去的戀人、自己的女兒以及死去的母親。各種片段的回憶、妄念、夢想來去心間，全作主要描寫其官能欲望與頹唐。此作迥異於以傳統日本之美爲基調的《古都》與《千羽鶴》的意趣，並且常被拿來與谷崎潤一郎同爲描寫老人的「性」的《瘋癲老人日記》相提並論。三島由紀夫與愛德華．賽登斯蒂克（Edward G. Seidensticker）譽爲「無庸置疑的傑作」，之後的文藝評論也採用此一評語。

《古都》（一九六二）是川端康成諾貝爾文學獎得獎作品，也是其重要的代表作。事實上，海外的評價要高於日本國內。作品以京都爲舞臺，敍述織物老鋪的女兒千重子，雖深得父母疼愛，卻始終煩惱自己是否爲棄嬰，父母則解釋她是在祇園祭期間的夜櫻樹下遭誘拐而來。葵祭過後的五月下旬，千重子造訪北山杉林，在山中遇見與自己相貌一模一樣的苗子。之後在七月的祇園祭宵山，兩人再度相遇。苗子告訴千重子，兩人是孿生姊妹，父母俱在。此外，周旋在千重子身旁的男性有和服腰帶織物職人秀男、千重子的青梅竹馬眞一及其兄龍助。秀男起初誤將苗子當作千重子，之後進而向她求婚。苗子認爲他所愛之人並非自己，而是千重子的幻影，因而拒絕他的求婚。千重子邀請苗子到家中，苗子下定決心只見她一次。姊妹倆同床，度過幸福的一晚。隔天早晨，苗子便離開粉雪微飄的古都，回到北山杉的村落。作品世界中同時存在千重子的線性時間意識與京都空間的循環性時間結構，交錯推進故事進行。其中人物的相遇與關係變化都伴隨古都四季循環的重要祭典：葵祭、伐竹會、祇園祭、大文字，讓人體現川端文學立基的傳統美學與古典風土。

《美麗與哀愁》（一九六四）敍述已婚的小說家大木在年輕時愛上女學生音子，音子懷孕後死產，歷經自殺未遂進入精神病院，後與母親移住京都。大木以小說〈十六、七歲少女〉確立文壇地位，音子也成爲知名畫家。音子的弟子坂見景子對音子懷抱情感，卻發現音子仍愛著大木，於是展開復仇。除了誘惑大木，還將矛頭指向大木的兒子太一郎。兩人在琵琶湖同乘快艇，之後發生事故，船沉入湖底，只有景子獲救。出版當時，此作被定位爲「通俗的羅曼史小說」，多爲負評；但也有評論認爲，因是爲女性雜誌（《婦人公論》）而寫，屬於輕鬆調性的中間小說[1]。時至今日，此作被定調爲：本格的藝術小說，尖銳地指摘現實與空想之間的矛盾，同時帶有通俗性。

《掌中小說》（一九七一）：在新感覺派《文藝時代》同人當中，川端的「掌中小說」

1／ 日本戰後的一種流行文類。

創作量最豐。川端曾在一九二六年一月的〈掌篇小說的流行〉一文中，提及「所謂掌篇小說，是輯錄《文藝時代》新人諸氏的極短篇小說，由中河與一命名」，同時認爲，藉由掌篇小說的流行，小說的創作會如短歌、俳句般出現普及的可能性。也期待此文類能促進日本獨特的發展，最後在特殊的文學傳統與國民性中完全落地生根。從一九二一年七月的〈油〉到一九七二年八月的〈雪國抄〉，目前列入掌中小說群的作品共計一四六篇，川端的掌中小說被譽爲「在如散文詩般被切割的小小世界中，吞吐巨大的文學世界，同時變換自在地驅使形形色色的樣式。（長谷川泉〈掌の小說論〉）」，是川端被視爲獨步文壇的重要文類。

《初戀小說》（二〇一六）收錄川端以初戀情人伊藤初代爲藍本的作品：所謂「千代文」的作品群。此作品集由新潮社於二〇一六年發行，出版的起因爲：二〇一四年發現了初代寫給川端的十一封信，以及川端寫給初代卻未寄出的信函。此作亦收錄川端的女婿，也是川端康成紀念會理事長川端香里男的〈解說〉，介紹兩人從結識、訂婚到初代片面悔婚乃至川端試圖理解初代的念想如何化作一篇篇創作的過程。收錄作品的創作時間從一九二三年到一九六三年，可見伊藤初代事件對川端文學的深刻影響。川端這段永遠無法成就的青春稚嫩的戀情，與對純潔少女懷抱的夢想、神聖處女面影的憧憬、孤兒的成長歷程等主題融合，形成其文學特徵的基盤，也是形塑川端文學的重要元素。

直接將初代的事件作爲題材的作品群，在發表當時並未收入刊行本。直到川端五十歲初次發行全集時，才首次收錄。在後記中，川端引用自己當年的日記，回顧自己的半生，並對於此作品群的藍本，首次進行具體的詳述。一九二三年發表首篇〈南方之火〉，其命名源自初代於丙午（一九〇六）年出生，「丙爲陽火，午爲南方之火」（《初戀小說》）。作品群中重複出現的「非常之事」出自初代給川端的訣別信內容，也就是初代爲何突然悔婚的謎團。隨著二〇一四年兩人的書簡出土，經初代的三男櫻井靖郎證實，終於解開謎團：初代當時遭西方寺的僧侶強暴。此外，初代也在戰後的日記中寫下，已在一九二二年將此事原委告知川端。

（本文作者爲國立政治大學臺灣文學研究所教授）

千羽鶴

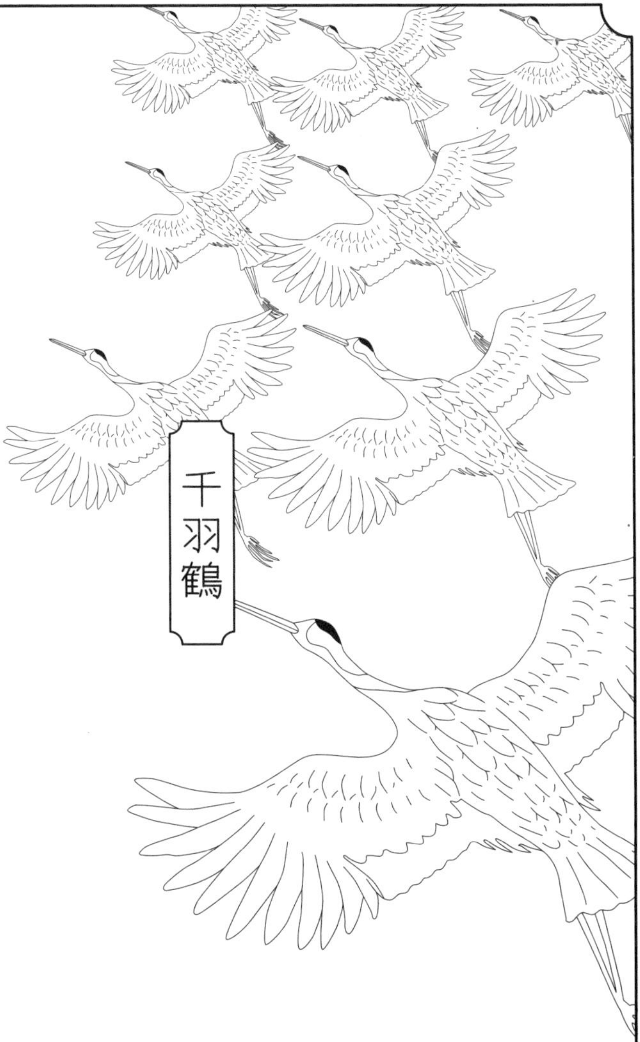

千羽鶴

一

即便已走進鎌倉的圓覺寺境內，菊治還是拿不定主意該不該去茶會。時間已經晚了。

栗本千佳子每次在圓覺寺的內茶室辦茶會，菊治都會收到邀請函，但父親死後他一次也沒來過。他以爲那不過是看在亡父的情面才邀請他罷了。

但這次的邀請函上，千佳子卻附上了一句話：想讓您看看隨我學茶道的一位小姐。

看到這裡，菊治想起了千佳子的胎記。

那年菊治約八、九歲。他隨父親去千佳子家，只見她在起居室袒胸露乳，正拿小剪刀剪去胎記上的毛。胎記占了左乳的半邊大，朝心窩蔓延。面積約巴掌大。那塊紫黑色胎記似是長了毛，而千佳子就在剪著。

「哎喲，小少爺也來了？」

千佳子似乎很驚訝，作勢欲合攏衣襟，或許又覺得倉皇遮掩更顯尷尬，便稍微側身，將衣襟慢慢掖進腰帶裡。

她應不是看到菊治的父親而大吃一驚，而是見菊治同來這才心慌意亂。女傭在玄關應接來客時，她理當知道菊治的父親來了。

父親未進起居室，在隔壁房間坐下。這是會客室，當作茶道教室使用。

父親看著壁龕裡的書畫，漫不經心說：

「來一杯茶吧。」

「好。」

千佳子應了一聲，卻未立刻起身過來。

菊治看到，千佳子膝頭的報紙上，落有男人鬍鬚般的細毛。

大白天就有老鼠在天花板上作怪。簷廊邊的桃花已開。

千佳子在爐邊坐下後，煮茶時仍有些魂不守舍。

過了十天，菊治聽見母親像要抖出天大祕密似的告訴父親，千佳子是因爲那胸前胎記才不結婚。母親還以爲父親不知情。她似乎很同情千佳子，露出心疼的表情。

「嗯，嗯。」

父親半帶驚愕地附和著，又說：

「不過，讓丈夫看見了又何妨呢。要是婚前就知道，也不介意的話。」

「我也是這麼勸她。可她畢竟是女人，哪好意思開口說自己胸前有一大片胎記。」

「又不是年輕姑娘了。」

「還是難以啟齒呀。要是長在男人身上，就算婚後才知道，或許也能一笑置之。」

「所以，她給妳看過胎記了？」

「哪可能。你說什麼傻話。」

「只是說說啊。」

「今天她來上課時，我們聊了很多……一時忍不住就告訴我了吧。」

父親沉默不語。

「要是結了婚才發現，不知男人會作何反應。」

「會覺得厭惡，或不舒服吧。但也說不定反而將那種祕密看作閨房之樂，感到別具魅力呢。況且正因爲身上這缺陷，可能會更努力表現出優點。實際上又不是大不了的毛病。」

「我也安慰她那算不得什麼問題。可她說胎記在乳房上。」

「嗯。」

「她想到有了孩子要餵奶，那恐怕最痛苦。就算丈夫不介意，對寶寶也不好。」

「難道有胎記就出不了奶水？」

「倒不是……說是被吃奶的寶寶看到，會感到痛苦。本來沒想那麼多，但是當事人畢竟會考慮到種種問題。寶寶出生那天就要吸奶，打從看得見的那天起，就看到母親的乳房上有道醜陋的胎記。寶寶對這世界和母親的第一印象，便是乳房的醜陋胎記——那恐怕會深刻糾纏著孩子一生啊。」

「嗯。但那未免多慮了。」

「這麼說也是，其實也可以餵牛奶，或僱個奶媽都行。」

「有胎記又如何，只要有奶水就行了。」

「但這事倒也沒那麼簡單。我聽她那番話都哭了呢。心想有道理啊。就像咱們家菊治，我也不想讓他吸吮有胎記的乳房。」

「也對。」

菊治對於佯裝若無其事的父親感到憤慨。父親明知菊治看到了千佳子的胎記，卻無視於知情的他，他對這樣的父親也感到憎惡。

然而，菊治二十年後回想起來不禁苦笑，或許當年父親也不知所措吧。

還有，菊治十歲出頭時，不時想起當時母親的話，憂心著萬一有個吃了胎記奶的同父異母弟弟或妹妹該怎麼辦好，並爲此深感不安。

不只是害怕父親在外頭有孩子，他更害怕那孩子本身。菊治總覺得孩子吸過那大片胎記上長了毛的乳房，好像會擁有某種可怕的魔性。

慶幸的是千佳子似乎並未生子。他猜想，也許是父親不讓她生，她那段讓母親心疼落淚的胎記與寶寶的告白，也可能是父親爲了不讓她生孩子刻意灌輸的藉口，總之，父親生前或死後，千佳子都沒生過孩子。

隨同父親造訪的菊治才撞見胎記不久，千佳子就向菊治的母親吐露祕密，或許是想搶在菊治告訴母親之前先發制人。

千佳子一直沒結婚，果然那塊胎記左右了她的命運吧。

然而，菊治始終忘不了那塊胎記，不得不說那和他的命運多少也有點關聯。

當千佳子託言要在茶會上爲他介紹對象時，那塊胎記又歷歷如在眼前。他驀然想著，既是千佳子介紹的，那位小姐想必擁有白玉無瑕的肌膚。

父親是否曾伸指捏過千佳子胸前那塊胎記？父親說不定還咬過那胎記。菊治不禁如此幻想。

此刻走在寺山1的鳥鳴聲中，那種幻想又掠過腦海。

然而，千佳子被菊治撞見那胎記兩、三年後，不知怎地變得男性化，如今已完全中性。今天的茶會上，她也是俐落地揮灑自如吧。但那長了胎記的乳房或許已然乾癟。想到這裡，菊治正要發笑，兩位小姐從身後匆匆走來。

菊治駐足讓路，並探詢道：

「栗本女士的茶會，是這條路走到底嗎？」

「是的。」兩位小姐同時回答。

其實不用問他也知道，況且從小姐的和服也猜得出她們正要去茶室。菊治是爲了讓自己下定決心出席茶會，這才開了口。

拎著桃紅縐綢綴有白色千羽鶴圖案包袱巾的那位小姐，非常美麗。

1／圓覺寺三面環山如屏風圍繞。

二

兩位小姐進入茶室前，正在換足袋時，菊治也到了。

他從小姐身後往內探頭，只見約八張榻榻米大的房間裡，人們擠得幾乎膝蓋相觸。似乎淨是些身著華麗和服之人。

千佳子眼尖發現菊治，驚訝地起身走來。

「哎呀，快請進。眞是稀客。歡迎，歡迎。從那邊進來吧，不打緊。」

她說著指向靠近壁龕這頭的紙門。

屋內的女人這時全轉頭看向他，菊治面紅耳赤地說：

「都是女士嗎？」

「對。剛男士們也在，可惜都走了，你是萬綠叢中一點紅。」

「我才不紅。」

「菊治有紅的資格，別擔心。」

菊治微微揮手，示意要從對面的入口繞過來。

小姐將穿來的足袋以綴著千羽鶴的包袱巾包起，彬彬有禮地站在一旁，讓菊治先走。

菊治走進隔壁房間。室內散落著點心盒、茶具盒和客人隨身帶來的物品，女傭正在後方的水房[2]洗碗盤。

千佳子走進來，在菊治面前屈膝坐下。

「覺得如何？那小姐不錯吧？」

「拿千羽鶴包袱巾的那位嗎？」

「包袱巾？我不知道什麼包袱巾。我是說剛才站在那裡的漂亮小姐。她是稻村家的千金。」

菊治含糊地點點頭。

「居然還注意到包袱巾那種奇怪的東西，可不能小看你嘍。還以為你們是一起來的，正訝異著你有本事呢。」

「別胡說了。」

「能在過來的路上遇到，也算有緣分。再說稻村先生也認識你父親。」

「是嗎？」

「稻村家以前在橫濱做生絲買賣。我沒對小姐說今天的安排，你心裡有數就好，仔細多

2／ 類似茶室的廚房。準備茶事、清洗茶具的空間。

觀察吧。」

千佳子的嗓門不小，菊治擔心僅隔著一扇紙門的茶席間衆人會聽見，這時千佳子忽然湊過臉來，低聲說道：

「只是，出了點小問題。」

「太田夫人來了。還帶著她女兒。」

她一邊窺探著菊治的臉色，接著解釋：

「今天我可沒邀請她……但這種茶會，就算順路經過臨時想加入也行，剛才還來了兩組美國人呢。眞是對不住。既然太田夫人聽聞便來了，也無可奈何。不過，她當然不曉得你的事。」

「我今天也……」

菊治本想說今天也不打算相親，卻終究沒說出口。喉嚨像繃緊了一般。

「該尷尬的是她呀，菊治少爺保持坦然自若就行了。」

千佳子這種說法也讓菊治頗爲不滿。

栗本千佳子與父親似乎只是露水姻緣。父親辭世前，千佳子總是以隨叫隨到的姿態出入菊治家。不只是辦茶會，平日來家裡做客時也會主動進廚房幫忙。

千佳子都已如此男性化了，母親要是還報以嫉妒之情，未免也滑稽得令人苦笑。母親事後肯定也察覺父親看過千佳子的胎記，但那時早已事過境遷，千佳子亦大剌剌地若無其事站在母親身後。

不知不覺中，菊治對待千佳子的態度也變得輕蔑，任性以對，久而久之兒時那近乎窒息的厭惡似已漸漸淡去。

千佳子之男性化，還主動上菊治家幫忙，或許皆爲她特有的生存之道。

仰仗著菊治家，千佳子成了小有名氣的茶道師傅。

父親死後，菊治只要想起千佳子不過是同父親有過短暫交往，卻從此壓抑了自身的女性特質，甚至會萌生淡淡的同情。

母親之所以對千佳子沒太大敵意，多少也是受到太田夫人的事牽制。

茶道同好太田過世後，菊治父親因著處理太田的茶具之便，與其遺孀走得很近。

最早向母親通風報信的就是千佳子。

千佳子當然是站在母親這邊搖旗吶喊，甚至喊得太過火了。千佳子跟蹤父親，一再向太田的遺孀找碴挑釁，活像是她深埋地底的妒火就此噴發出來似的。

內向的母親面對千佳子搧風點火般的好管閒事，毋寧說反而爲此受到驚嚇，深恐失了體面。

即便當著菊治的面，千佳子照樣對著他母親大罵太田夫人。見菊治母親不悅，千佳子辯稱也該讓菊治聽聽才對。

「上次我過去時，也狠狠數落了那女人一頓，她的小孩都聽在耳裡。因爲隔壁房間忽然傳來啜泣聲。」

「是女孩？」母親說著便蹙起眉頭。

「可不是。聽說十二歲了。太田夫人這個人也眞少根筋。以爲她會責罵孩子，誰知她索性起身將孩子抱來，摟在膝上，就這樣坐在我面前。我看是要和孩子一起哭給我看吧。」

「孩子太可憐了。」

「所以說，不如您也搬出孩子來折磨她吧。反正孩子對她媽做的好事可一淸二楚。雖然那女孩長了張又小又圓的臉蛋挺可愛的。」

千佳子說著看向菊治。

「我們菊治少爺也該對他父親說上兩句才好。」

「請妳別教壞孩子了。」母親終於忍不住制止。

「太太您就是這樣總將苦水往肚裡吞才不好。不如乾脆統統發洩出來。您落得如此消瘦，那女人卻紅光滿面富態得很。雖說想必是她腦子裡少根筋，又總以爲只需柔弱哭上一場就好……先不說別的，她接待您家老爺的那個房間，居然大剌剌放著她那死鬼丈夫的照片。我還眞懷疑老爺能沉得住氣。」

曾遭千佳子那般痛罵的太田夫人，在菊治父親死後，竟帶著女兒出席千佳子的茶會。菊治受到冰冷的打擊。

縱然如千佳子所言，今天並未邀請太田夫人前來，但千佳子和太田夫人是否在父親死後仍有來往呢？菊治頗感意外。或許連夫人的女兒也在向千佳子學習茶道。

「要是感到不快，我就讓太田夫人先回去吧？」千佳子說著，窺探菊治的眼色。

「我無所謂。對方若要走，儘管請便。」

「她眞那麼識相，你父母當初就不會那麼爲難了。」

「不過，她女兒也一起來了吧？」

菊治沒見過太田夫人的女兒。

菊治思忖，與太田夫人同席時見那位千羽鶴包袱巾小姐並不妥當。此外，他更不願在這種情況下初次會見太田小姐。

然而，千佳子在耳邊聒噪不休的聲音又教菊治不堪其擾。

「反正都知道我來了吧。也不可能逃避。」說著便站起身，從靠近壁龕的入口走進茶室，在進門的上座坐下。

千佳子隨後跟來。

「這位是三谷家的少爺。是已故三谷老師的兒子。」她一板一眼向席間的賓客介紹菊治。

菊治跟著再次行禮，抬起頭時，清楚地看見了小姐們。

菊治似乎有點緊張。遍目是小姐們華麗和服的繽紛色彩，起初根本無法一一分辨。待他定睛一看，才發現正好與太田夫人面對面。

「哎喲！」夫人驚呼。那是毫不造作又充滿懷念之情的聲音，在座者全聽得一清二楚。

「好久不見，你好。」夫人又說。

接著，夫人輕拽身旁女兒的袖角，示意她快打招呼。太田小姐似乎有些困惑，紅著臉低頭行禮。

菊治大感意外。夫人的態度絲毫不帶敵意或惡意，只有無盡懷念。同菊治的不期而遇，似乎教她分外驚喜。夫人顯然完全忘卻了自己在舉座中是何立場。

太田小姐始終垂頭不語。

夫人察覺後，臉頰也染上嫣紅，但她那雙似欲傾訴的眼睛定定地看著菊治，彷彿想挨向菊治近旁。

「少爺也同樣精通茶道？」

「不，我一竅不通。」

「這樣啊。但畢竟繼承了令尊的血脈。」

夫人似乎不勝感慨，雙眼微微溼潤。

菊治自從父親的告別式後，就沒見過太田夫人。

她和四年前幾乎完全沒變。

白皙細長的脖子，與長頸不甚相稱的圓潤雙肩一如往昔，體態較實際年齡年輕。和眼睛比起來，口鼻顯得小巧。仔細端詳，小鼻子倒也形狀姣好，看來賞心悅目。說話時，偶爾顯得有點戽斗。

她女兒遺傳了母親的長頸與圓肩。嘴唇比母親稍大，緊緊地抿著。與女兒相比，母親的小嘴薄唇顯得有點滑稽。

比母親更黑亮的大眼睛，透著幾分悲切。

千佳子探頭看看爐中的炭火後說：

「稻村小姐，不如妳替三谷先生煮一杯茶吧？妳還沒點茶吧。」

「是。」

千羽鶴包袱巾小姐站起來。

菊治知道這位小姐一直坐在太田夫人身旁。

但菊治看到太田夫人母女後，便刻意避免將目光投向稻村小姐。

千佳子命稻村小姐點茶，應是刻意讓她表演給菊治看吧。

稻村小姐在爐火前轉頭問千佳子：

「用哪個茶碗呢？」

「這個嘛，就那個織部茶碗吧。」千佳子說：「那是三谷先生的父親生前愛用的茶碗，後來轉贈給我。」

稻村小姐面前的茶碗，菊治也見過。父親的確用過，但那其實是父親從太田夫人那裡轉承得來的茶碗。

亡夫的遺物被菊治的父親送給千佳子，如今出現在這茶席上，不知太田夫人作何感想。

菊治對於千佳子的遲鈍甚感驚訝。

說到遲鈍，太田夫人又何嘗不是呢。

在中年女人的過往糾葛前清淨點茶的小姐，讓菊治深感那美麗。

三

千佳子想讓菊治相看千羽鶴包袱巾小姐的企圖，小姐本人多半不知情。

小姐不亢不卑地點茶，親自將茶碗送到菊治面前。

菊治喝茶後，稍微端詳了茶碗。這黑織部[3]的茶碗，在正面的白釉處以同樣的黑色描繪嫩蕨。

「很眼熟吧？」千佳子從對面開口。

「不清楚。」菊治含糊其辭，放下茶杯。

「上頭的蕨菜芽，生動呈現出山村風情呢。這茶碗很適合初春，你父親也用過。這時節拿出來雖嫌晚，但此時用它來獻茶正好。」

「不，家父是否曾短暫擁有，對這茶碗本身並不重要。這可是從利休[4]的桃山時代相

3／ 織部陶器現分爲黑織部、青織部、志野織部等八種。黑織部整體採用鐵釉，帶有美麗的黑色光澤。

4／ 利休（一五二二～一五九一），日本戰國安土桃山時代的茶道宗師，被尊爲茶聖。

傳至今的茶碗吧。歷經數百年來無數茶人珍重流傳下來。相形之下家父不値一提。」

菊治說著，設法拋開這茶碗背後的淵源。

太田先生傳給太田夫人，太田夫人送給菊治的父親，父親又給了千佳子，如今太田和菊治父親兩個男人都死了，剩下兩個女人在這兒。光是這樣，這茶碗的命運就夠曲折了。

如今這歷史悠久的茶碗，又接連由太田夫人母女、千佳子、稻村小姐乃至其他小姐們以脣親觸，以手撫摸。

「我也用那個茶碗來一杯吧。剛才是用別的茶碗。」

太田夫人突兀地說了這話。

菊治又是一驚。此人究竟是太傻？還是不知羞恥？

始終垂首不語的太田小姐，令菊治同情得不忍看向她。

稻村小姐再次爲太田夫人點茶。舉座的目光都落在她身上，但這位小姐想必不明白這黑織部茶碗的淵源。她只是按照上課習得的規矩點茶。

她的點茶手法樸實且不帶習氣。姿勢端正的胸部至膝頭一帶看來氣韻高雅。

嫩葉的影子映在小姐身後的屏風上，似乎在她華麗的和服肩頭及袖口反射出柔和的光芒。秀髮似也閃閃發亮。

就茶室而言，房間的光線當然過分明亮，卻烘托出小姐的青春光彩。帶有少女氣質的紅色茶巾，予人的感覺也是清新而非甜美。彷彿小姐的手上綻放一朵紅花。

小姐的周遭似有千隻小白鶴翩然飛舞。

太田夫人將織部茶碗放在掌心說：

「這黑碗襯著青翠的茶湯，猶如春日萌發的綠意呢。」

她終究沒敢挑明那曾是亡夫的遺物。

之後按照慣例要鑑賞茶具。小姐們對茶具不熟悉，只是聽著千佳子說明。水罐和茶杓也是菊治父親生前用過的，但千佳子和菊治隻字未提。

菊治坐著目送小姐們起身離去，這時太田夫人走近。

「方才失禮了。我想你或許會感到不快，但是一見到你，我就忍不住湧現懷念之情。」

「唔。」

「已經是個出色的青年了呢。」夫人的眼中似乎浮現淚光。

「對了，你母親也……本來覺得該出席喪禮，可終究還是沒去。」

菊治面露不悅。

「繼你父親之後母親也走了……你肯定很寂寞吧。」

「唔。」

「還不打算回去嗎？」

「嗯，等會兒吧。」

「我一直希望有機會和你好好聊一聊。」

這時千佳子從鄰室喚了一聲：

「菊治少爺。」

太田夫人萬分遺憾地起身。她女兒已在庭院裡等著。

太田小姐隨母親一同向菊治行禮後便離去。那小姐的眼神欲言又止。

鄰室裡，千佳子帶著兩、三個親近的弟子與女傭收拾善後。

「太田夫人說了什麼嗎？」

「沒事……她沒說什麼。」

「你可要當心那個人。別看她貌似溫婉賢淑，總是一臉無辜，其實誰也摸不透她在想什麼。」

「可是，她常來參加妳的茶會吧？幾時開始的。」菊治略帶嘲諷地說，然後像是要逃離毒氣般走到室外。

千佳子緊跟而來。

「你覺得怎麼樣？那位小姐不錯吧？」

「的確是不錯的小姐。但要是在沒有妳及太田女士、家父的亡魂徘徊的地方見面，那就更好了。」

「你的注意力都放在那種事上？太田夫人和那位小姐可沒有任何關係。」

「我只是覺得對小姐過意不去。」

「哪會過意不去？要是太田夫人在場讓你不滿，那我道歉，但今天又不是我請她來的。稻村小姐的事，還請另作考量。」

「不過，今天我是該走了。」

菊治說完便停下腳步。再邊走邊說，千佳子會不肯離開。

剩下菊治一人，只見眼前山腳的杜鵑花已經結了花苞。他深深吸了口氣。

他厭惡被千佳子的信函引誘而來的自己，但對千羽鶴包袱巾小姐留下鮮明的印象。

儘管見到了父親生前的兩個女人，但事後心情不致感到如此鬱悶，或許也是因爲那位小姐在場之故。

然而，想到兩個女人如今仍活得好好地談論父親，母親卻已離世，菊治不禁湧上一陣憤慨。千佳子胸前醜陋的胎記又浮現眼前。

晚風乘著新發的嫩葉而來，菊治脫下帽子，緩步前行。

老遠便可見太田夫人站在山門的陰影中。

菊治當下想迴避，遂舉目四顧。思忖若走上左右兩邊的小山，便可不必經過山門。

然而，菊治終究還是朝山門邁步。臉頰似乎稍微緊繃。

太田夫人看見菊治後，反而迎上前。她的兩頰緋紅。

「我想再見你一面，特地在這兒等候。或許你認為我厚顏無恥，但要是就此錯過，我實在……況且此地一別，也不知幾時才能再見面。」

「令嬡呢？」

「文子先回去了。和朋友一起走的。」

「這麼說來，令嬡也知道妳在等我？」菊治問。

「知道。」夫人回答，看著菊治。

「那令嬡不反對嗎？先前在茶席上，她似乎不想看到我，眞遺憾。」

菊治這話說得似露骨，又顯委婉。但夫人仍坦率直言：

「那孩子見了你，想必很痛苦吧。」

「我父親應該會讓令嫒飽受折磨。」

菊治的意思是，就像自己也曾因太田夫人與父親的事而飽受折磨。

「沒那回事。你父親非常疼愛文子。這些事，我本打算找機會好好說給你聽。那孩子，起初你父親即便再怎麼善待她，她也不肯親近他。沒想到，戰爭快結束時，空襲愈發猛烈，也許是感覺到什麼，文子的態度忽地變了。對你父親盡力奉獻。說是奉獻，但她當時畢竟還是個小女孩，能做的不過是出去採買，好讓你父親吃點雞肉魚肉。可她也為此歷經險境，冒著生命危險出門，還在空襲中大老遠買米回來……見她突然轉變，你父親也很驚訝。我看著女兒的變化，也覺得心疼又難過，就像自己遭受譴責般痛苦。」

菊治頭一次發現，母親和自己或許受過太田小姐的恩惠。當時，父親偶爾會帶著意外的伴手禮回來，原來那都是太田小姐冒死去採買的嗎？

「我並不明白女兒為何突然轉變態度，也許她每天都想著自己隨時可能死亡。想必是可憐我吧。她竭盡全力為你父親奉獻。」

在那場戰敗中，太田小姐必然清楚看見了，她母親如何拚命依賴著與菊治父親的愛情。深受慘烈的現實所逼，她或許姑且拋開了已逝父親的過往回憶，正視起母親當前的處境。

「剛才，你注意到文子手上的戒指嗎？」

「沒有。」

「那是你父親給她的。他即便來家裡，一旦警報響起就要趕回去。那時文子會堅持送他一程。她說你父親獨自返家，難保路上不會出事。有一回她送他離開後遲遲未歸，若是在府上過夜也罷，我只怕他倆會不會都死在路上呢。翌日早上她才回來，一問之下，原來她送你父親到家門口後，回程便在某個防空洞待到天亮。後來你父親再來時就說：『文子，上次謝謝妳』，給了她那枚戒指。那孩子可能怕被你看見戒指難爲情吧。」

菊治聽著不禁心生厭煩。夫人似乎以爲菊治理所當然會同情她們母女，這心態未免奇怪。

不過，菊治並沒有對夫人感到明顯的憎惡或提防。夫人身上有某種溫暖的特質，令人不由放下戒備。

女兒之所以冒死奉獻，或許也是不忍見母親那樣。

菊治思忖著夫人口中女兒的往事，其實是在傾訴自己的愛情。

夫人似乎心緒澎湃亟欲一吐爲快，但是在傾訴的對象上，說得極端些，她彷彿不大能區別菊治的父親與菊治。她抱著滿腔懷念，像在對菊治父親傾訴般與菊治交談。

早先菊治站在母親這廂對太田夫人所抱的敵意，此刻就算不致全然消失，也像洩了氣的氣球般失去張力。一不留神，甚至會感到曾被這女人愛過的父親就在自己體內。幾乎起了錯覺，是自己和這女人有著多年的親密情誼。

難怪當年父親很快便與千佳子分手，卻至死和這女人來往。但在菊治看來，千佳子肯定瞧不起太田夫人。菊治也萌生了殘忍的意念，興起一股想恣意凌虐夫人的衝動。

「妳常參加栗本的茶會？從前不是被她欺負得很慘嗎？」菊治說。

「哦，那是在你父親過世後，我收到了她的來信，因爲懷念你父親，也覺得很寂寞。」

夫人說著黯然垂首。

「令嬡也一起嗎？」

「文子是百般不情願陪我來的吧。」

他們越過鐵軌，經過北鎌倉車站，朝圓覺寺反方向的山那頭走去。

四

太田夫人至少四十五歲上下，比菊治年長要二十歲，卻讓菊治忘記年齡的差距。菊治彷彿抱著比自己年輕的女人。

菊治無疑也和有著豐富經驗的夫人，一同享受著那份歡愉，但他絲毫未流露出經驗淺薄的單身男子會有的怯場。

菊治彷彿第一次懂得女人，又彷彿懂得了男人。他訝異於自己的男性覺醒。過去他從不知道，女人原來是如此溫順的接納者，會追隨著他又同時引誘，散發出溫暖的氣息包容他。

單身的菊治在情事之後，往往會感到莫名煩躁，然而最該感到煩躁的此刻，卻餘下甜美的安寧。

往常這時候，菊治總想冷漠地抽身離開，但這似乎是頭一次讓思緒飄忽在聽任女人溫暖地依偎。他從不知道女人的情潮又將隨後追來。他讓肌膚休憩在那浪潮上，猶如征服者邊打著盹邊讓奴隸洗腳，如此心滿意足。

也有著母親的感覺。菊治縮起脖子說：

「栗本的這裡，有塊很大的胎記，妳知道嗎？」

菊治察覺到自己脫口說出了不得體的話，但或許是腦袋太放鬆，對千佳子並不帶著愧疚。

「乳房上也有，在這個地方，像這樣……」菊治說著伸出手。

菊治內心有種意念抬頭，讓他說出了這番話。那是令他心癢難耐，想反抗自己，又想傷害對方的念頭。也許是爲了掩飾想看那地方的甜蜜羞澀。

「討厭，好可怕。」

夫人悄悄合攏衣襟，一時間卻又似乎顯得難以理解，慢條斯理說著：

「這事我還是頭一次聽說，但穿上衣服就看不見了吧。」

「也不是完全看不見。」

「哦，這話怎麼說？」

「唔，像這樣待在這裡就看見了。」

「哎喲，你眞討厭。以爲我也有胎記這才在找？」

「那倒不是。妳也有的話，這時候不知會是什麼心情。」

「在這裡嗎？」

夫人說著也看了看自己的胸部。

「爲什麼要說這些呢？這種事應該不重要吧？」

夫人軟綿綿的回答讓他很失望。菊治噴出的毒液，對夫人似乎完全無效。而那毒似乎反撲了。

「誰說不重要。我雖只在八、九歲時看過那胎記一次，至今卻歷歷如在眼前。」

「爲什麼？」

「我看妳啊，也受那塊胎記詛咒了喔。栗本曾以母親和我的代言人自居，去妳家狠狠數落妳一番吧？」

夫人點點頭，身子悄悄縮起。菊治摟著她的手臂一緊。

「即便在那時，我想她也不斷意識到自己胸前的胎記，這才變得愈發惡毒。」

「天啊，你說得眞可怕。」

「或許多少也想報復我父親吧。」

「報復什麼？」

「因爲那塊胎記，她始終感到很自卑，說不定還懷著扭曲的心態，認定自己正是因此遭到拋棄。」

「別再說胎記了。教人聽了不舒服。」
夫人似乎不願去想像那塊胎記。
「眼下栗本女士想必已無需在意胎記的事。那是過去的煩惱。」
「煩惱過去了，便不留痕跡嗎？」
「有時過去了也令人懷念呢。」
夫人恍如夢囈般說道。
菊治忍不住說出了，原本無意談起的話題。
「剛才在茶席上，坐妳旁邊的那位小姐……」
「哦，你說雪子小姐。是稻村家的千金吧。」
「栗本今天叫我去，是想讓我見見那位小姐。」
「哎喲。」
夫人瞪大了眼睛，深深凝視著菊治。
「是來相親的嗎？我壓根沒發現。」
「不是相親。」
「是這樣嗎？相親後居然做這種事……」

一行淚水自夫人的眼角滑落枕頭。她的肩膀發顫。

「對不起，對不起，爲什麼不早些告訴我？」

夫人將臉伏在枕上哭泣。

菊治倒是大感意外。

「不管是不是去相親，不應該之事就是不應該。但那件事和我們之間是兩碼子事。」菊治說了。他眞心這麼想。

然而，稻村小姐點茶的身影又浮現在菊治腦海。還有那綴著千羽鶴圖案的桃紅色包袱巾。

如此一來，夫人哭泣的身軀便予人醜惡之感。

「啊，太不應該了。我眞是罪孽深重的壞女人。」

夫人渾圓的肩膀簌簌抖動。

對菊治而言，若有分毫後悔，肯定是因爲覺得醜惡。即便撇開相親一事不談，她終究是父親的女人。

不過，直到此刻，菊治既不後悔，也不覺得醜惡。

菊治並不清楚爲何會和夫人發生關係。一切是如此自然。夫人的說詞，或許是在後悔自己誘惑了菊治，但夫人想必無誘惑之意，而菊治亦未感被誘惑。況且菊治在心態上毫不排斥，夫人也同樣毫不抵抗。或可說兩人之間沒有一絲一毫道德的陰影。

早先兩人朝圓覺寺反方向走，進入山丘上的旅館共進晚餐。是因爲還沒聊完菊治父親的話題。菊治並不是非聽不可，規矩地洗耳恭聽想必也很可笑，但夫人似乎沒有考慮到這點，只是急著訴說緬懷之情。菊治邊聽邊感到一份安詳的善意，彷彿被溫柔的關愛圍繞。

菊治覺得，那恍似父親昔日的幸福。

若說是不應該之事，也確實不應該吧。他錯失甩開夫人的時機，沉緬於心中甜美的鬆弛裡。

可是，心底深處仍潛伏著暗影，所以菊治才像噴毒液似的，說出了千佳子和稻村小姐的事。

顯然效果太強烈了。倘若後悔將更顯醜惡，菊治對於還想對夫人說出殘酷言詞的自己，萌生一陣又一陣的嫌惡。

「忘了吧，這不算什麼。」夫人說：「這種事，就當沒發生過。」

「妳只是從我身上，想起了我父親吧？」

「哎喲。」

夫人吃驚地抬頭。由於剛才伏在枕上哭泣，眼皮變得泛紅，白眼球似也變得混濁。菊治察覺她睜開的眼眸裡仍殘留女人事後的慵懶。

「你要這麼說，我也無可奈何。我眞是可悲的女人。」

「少騙人了。」

菊治粗暴地扯開她的前襟。

「要是有胎記就不會忘了吧，會印象深刻……」

菊治爲自己這番話一驚。

「討厭，別那樣看我，我已經不年輕了。」

菊治咧嘴露出牙齒逼近她。

夫人剛才的情潮又回來了。

菊治安然睡去。

半夢半醒中聽見小鳥啁啾。在啼鳥的鳴囀間清醒，是菊治彷彿從未有過的感受。

晨霧似乎浸溼了蒼鬱樹林，菊治的大腦深處彷彿也經過洗滌般，不帶任何雜念。

夫人背對菊治沉睡，不知幾時轉過了身。菊治似乎覺得有點趣味，曲起一肘在微光中湊近夫人的臉孔凝視。

五

茶會過後半個月，太田小姐來訪。

菊治領她進了客廳。爲了平息心頭騷動，他親自去打開茶櫃，將西式點心放上小碟子。可他無法判斷小姐是隻身前來，抑或是夫人不便進入菊治家因而在外等候。

菊治打開客廳的門，小姐立刻從椅子站起身來。她那低垂的臉，微微突出而緊抿著的下脣，映入菊治的眼簾。

「讓妳久等了。」

菊治走過小姐後方，打開通往庭院的玻璃門。

行經小姐身後時，花瓶的白牡丹散發一縷幽香。小姐的圓肩微微向前拱起。

「請坐。」

菊治說著，便自行先落座，奇異地平靜下來。因爲從小姐臉上看到了她母親的影子。

「冒昧來訪，眞是失禮。」小姐依然垂著頭說。

「哪裡。只是很意外妳居然找得到這裡。」

「是。」

菊治想起來了。在圓覺寺從夫人那兒聽聞，太田小姐曾經在空襲時送父親到家門口。

菊治本想提這件事，卻又打住。但他仍看著小姐。

由此，情事之時太田夫人的溫熱，又如滾水般再次沸騰。菊治想起，夫人對一切都如此溫柔包容。那令他安心。

想起這份安心，菊治對小姐似也鬆懈了戒心，卻還是無法正眼面對她。

「我——」小姐說到一半，便抬起頭。

「是爲了家母的事，才來拜託您。」

菊治屏息聽著。

「我想請您原諒母親。」

「啊？原諒？」

菊治反問，同時猜想夫人多半已將她與自己的關係告訴了小姐。

「若眞要懇求原諒，也該是我。」

「令尊的事，也要請您原諒。」

「我父親的事也一樣，該懇求原諒的，是我父親吧。我母親如今已不在人世，就算要原諒，又該由誰原諒呢？」

「我想令尊的早逝，恐怕也是家母之故，令堂也是……這我對家母都說了。」

「是妳多慮了。這樣夫人太可憐了。」

「應該是家母先死才是。」

小姐看來羞愧已極。

菊治察覺小姐說的是夫人與自己的關係。那件事不知讓小姐蒙受多大的恥辱和傷害。

「請原諒家母。」小姐一門心思像對菊治傾訴似的，再次說著。

「談不上原不原諒，我很感謝夫人。」菊治斬釘截鐵地說。

「都是家母的錯，她是個無藥可救的人。所以我希望您別理她。請別再和她來往。」小姐語速急促，聲音顫抖。「求求您。」

小姐那句「請原諒家母」，菊治聽懂了。也包含著「別再和母親糾纏不清」的意思。

「也請您別再打電話……」

小姐說著已面紅耳赤。彷彿爲了戰勝羞恥，反而昂首注視菊治。她的眼眶含淚，睜大的黑色雙眸不帶半分惡意，似是一心哀求。

「我明白了。之前很抱歉。」菊治說。

「拜託您了。」

小姐愈發羞慚，連白皙修長的頸項都染紅了。或許是爲了襯托修長脖頸的美，洋裝領口有著白色綴飾。

「先前您打電話相約，家母沒去赴約，是我阻止了她。當時她堅持出門，我死命抱著她不放。」

小姐似是稍微鬆了口氣，放緩聲調。

菊治打電話約太田夫人見面，是在發生關係後的第三天。夫人在電話裡的語氣格外喜悅，卻未現身相約的咖啡店。

菊治只打過那次電話，之後再沒見過夫人。

「事後雖同情家母，但當時我只覺得丟人，一心攔阻她。她說『要不由文子替我打電話回絕吧』，我走到電話旁，卻一句話也說不出來。家母定定望著電話淚如雨下。對她來說三谷先生猶如人就在電話那兒。家母就是這樣的人。」

兩人沉默片刻，菊治說：

「那次茶會結束後，夫人在外頭等候時，妳爲什麼獨自先走了？」

「因爲我希望三谷先生明白，家母並不是那麼壞的人。」

「她一點也不壞。」

小姐垂下眼。形狀姣好的嬌小鼻子下方，是微微前突的嘴脣，柔和的圓臉很像她母親。

「我早知道夫人有個女兒，還曾幻想和那個女兒聊聊父親的往事。」

小姐頷首。

「我也曾這麼想。」

菊治暗忖，倘若自己與太田夫人之間毫無瓜葛，便可和這位小姐心無芥蒂地談論父親，該有多好。

然而，菊治之所以能打從心底原諒夫人，也原諒父親與夫人的事，正是因爲菊治與夫人之間已非尋常的關係。這豈非太奇怪了？

小姐似乎察覺待太久了，連忙起身。

菊治送她出去。

「除了我父親的事，願有一天也能與妳談論妳母親美好的人品。」

菊治雖信口說來，卻也眞心這麼想。

「好。但您就要結婚了吧？」

「我嗎？」

「是的。聽家母說，您與稻村雪子小姐相親……」

「沒這回事。」

出了門便是坡道。坡道中段略呈彎曲，由此回頭望去，只見菊治家院裡的樹梢。

太田小姐一番話，讓菊治驀然想起千羽鶴小姐的身影。這時文子駐足道別。

菊治走上與小姐反向的坡道。

林間夕陽

一

千佳子打電話到公司找菊治。

「今天下了班會直接回家嗎？」

雖打算直接回家，但菊治露出不耐煩的態度說：

「還沒決定。」

「今天請下班後直接回家，這是爲了你父親。歷年來這天不都是三谷師傅舉辦茶會的日子嗎？光想起這件事，就再也坐不住。」

菊治不發一語。

「我正在茶室——喂？你在聽嗎？我在打掃茶室的時候，忽然就想做菜。」

「妳在哪裡？」

「你家，我在你家。實在對不住，沒有先徵求你的同意。」

菊治大感意外。

「我一想起來就坐不住。所以，我想要是能來打掃茶室，心情應該就能平靜下來。本該先打電話說一聲，可我知道肯定會被你拒絕。」

父親死後，茶室再也派不上用場。

母親在世時，似乎不時還會獨自進去坐上半天。但她沒有升爐火，只拎著鐵壺燒的開水去。菊治不喜歡母親去茶室。他擔心母親一個人待在那四下無聲的空間，不知會想什麼。

菊治雖想窺探母親獨自一人待在茶室做什麼，但終究沒看過。

但父親生前，負責打理茶室的是千佳子。母親很少進茶室。

母親死後茶室就關閉了。只有父親在世時僱用的老女傭，一年會打開幾次透透氣。

「茶室多久沒打掃過了？榻榻米擦了又擦霉味還是很重，可怎麼辦好。」千佳子的聲調愈發放肆。「一打掃起來，就想親手下廚。由於是臨時起意，材料也不齊，但正準備著呢。所以希望你下班後直接回來。」

「哼，眞是受夠了。」

「菊治少爺一個人太冷清，不如帶三、四個同事一道？」

「不行，沒有懂茶道的。」

「沒經驗的才好啊。反正今天也準備不周，就放心請人來吧。」

「免談。」菊治憤然撂話。

「這樣啊，真失望。那該怎麼辦？喏，不然找師傅生前的茶道同好……也不能臨時叫人來。那我叫稻村小姐來好不好？」

「開什麼玩笑。別鬧了。」

「怎麼會？叫她來哪裡不好。那件事，女方可是很有意願，所以你不妨再仔細看看小姐，好好聊個天。我這就去邀請，要是小姐來了，就表示小姐答應了。」

「省省吧，別那樣。」菊治感到一陣鬱悶，「妳別多事，我不會回去。」

「哎呀，這種事在電話裡不方便談，還是晚點再說吧。總之事情就是這樣，你早點回來。」

「就是這樣是怎樣？又與我何干。」

「好吧，本來就是我擅作主張。」

千佳子嘴上雖這麼說，仍可從話筒這頭感受到她那蠻橫不講理的毒氣。

菊治不由想起那占去千佳子大半乳房的胎記。

於是，菊治耳邊彷彿傳來了千佳子打掃茶室的掃帚聲，那就像掃帚清理著自己腦袋的聲音，他甚至覺得她手中擦簷廊的抹布，也拂拭過自己腦袋。

儘管第一反應是油然而生的厭惡，但千佳子擅自進入菊治家，甚至還做起菜來，也著實詭異。

若是爲了供奉父親，打掃茶室、插上鮮花後便離開尙可原諒。

然而在菊治那反胃欲嘔的厭惡中，稻村小姐的姿影如一道光芒閃現。

早在父親死後，菊治就自然疏遠了千佳子。可千佳子似乎想以稻村小姐爲餌，重新和菊治攀上關係好糾纏不休。

千佳子這通電話，照例流露出她風趣的性格和令人苦笑鬆懈的氣質，但聽來同時也透著蠻橫不講理的強硬姿態。

菊治心想，會感受到千佳子的強硬，是因爲自己有弱點。害怕被她抓住弱點，所以接到那擅作主張的電話也不敢發脾氣。

千佳子正是因爲抓住了菊治的弱點，才會得寸進尺吧。

菊治下班後去了銀座，先在小酒館坐了一會

他不得不依千佳子所言回家，但因自己的弱點而屈服，讓他的心情更加沉重。

圓覺寺茶會結束後，菊治意外與太田夫人相偕投宿於北鎌倉的旅館，想來千佳子不可能知道，難道在那之後她和夫人見過面？

千佳子在電話中那種不容拒絕的強硬語氣，似乎不只是出於她厚臉皮的習氣。不過，也許千佳子只是想依她的方式撮合菊治與稻村小姐罷了。

菊治在酒館也坐立不安，只好搭乘電車回家。

省線電車過了有樂町駛向東京車站時，菊治從電車窗口俯瞰行道樹高聳的大馬路。那條路幾乎和省線電車呈直角朝東西向延展，此刻正好反射夕陽，如金屬板光燦耀眼。但因夕陽從行道樹後方映照而來，那綠色看來黑黝黝的，樹蔭清涼。枝葉亭亭如傘，闊葉茂密。馬路兩側是堅固的洋房。

路上奇妙地不見行人蹤影。一路通往皇居的護城河邊，景色一覽無遺。耀眼反光的車道也一片靜謐。

從異常擁擠的電車中俯瞰，彷彿唯有這條路浮凸在這日暮的奇妙時分，帶著幾分異國風情。

菊治覺得自己彷彿在行道樹的林蔭下，看見稻村小姐抱著桃紅縐綢綴有白色千羽鶴的包袱巾走過。千羽鶴包袱巾似清晰可見。

一股清新感湧上菊治心頭。

但想起這時小姐多半已來到家中，菊治又不禁忐忑不安。

話說回來，千佳子打電話給菊治，要他帶同事回家，菊治不從，千佳子便改口邀稻村小姐，這究竟是何盤算？她打從一開始就打算請稻村小姐來嗎？菊治還是想不透。

菊治一到家，千佳子便急忙來玄關相迎。

「就你一個人？」

菊治點頭。

「你一個人更好。人家小姐已經來了。」

千佳子說著湊近，作勢要替菊治拿帽子和公事包，

「你下班後先去了哪裡吧？」

菊治猜想臉上是否仍殘留酒意。

「你去哪了？後來我又打電話去你公司，他們說你已經走了，我計算過你該到家的時間。」

「妳眞教人吃驚。」

千佳子任性地來到這個家，擅作主張，從不先招呼一聲。

她跟著菊治進起居室，似乎打算替他換上女傭備妥的和服。

「別麻煩了。那我先失陪，換個衣服。」

菊治只脫下外套，急著擺脫千佳子似的，逕自走進衣帽間。

他在衣帽間換好和服才出來。

千佳子依然坐著。

「單身漢眞不簡單呢。」

「哦。」

「這種不方便的生活，還是趁早結束吧。」

「看看我老爸，已經學到教訓嘍。」

千佳子看了菊治一眼。

千佳子穿著向女傭借來的家務服[5]。這件家務服原本是菊治母親的。千佳子捲起了袖子。

手腕以上的膚色白得不自然，臂膀豐腴，手肘內側爬過幾道青筋。菊治略感意外，那看起來像堅硬厚實的肉塊。

「還是在茶室比較好吧？小姐已在客廳裡坐著呢。」千佳子故作鄭重地說。

5／ 割烹着（日文）：爲方便女性從事家務，防止和服沾染油或水分的一種單衫式圍裙。

「這個嘛，茶室有電燈嗎？我還沒看過茶室開燈的。」

「要不點蠟燭也行，氣氛反而更好。」

「我可不要。」

千佳子忽然想起來似的說：

「對了，剛才打電話邀請稻村小姐時，小姐問我是否邀請她們母女一起，我說要是都能光臨自然更好，但後來稱她母親有事，小姐便決定單獨前來。」

「什麼決定，分明是妳擅作主張吧。突然要人過來，未免太失禮了。」

「這我當然知道，但是小姐都來了。而既然她肯來，我的失禮不也就自然消失了嗎？」

「怎麼說？」

「對呀，可不是嗎？今天小姐既然來了，就表示她對這樁婚事有意願吧。要說我做過頭了也無所謂。待婚事談妥，你們倆再笑話栗本是個行事離譜的女人就行了。以我的經驗，能談成的婚事，不管怎樣都會談成。」

千佳子自大已極的口吻，恍如看穿了菊治的心事。

「妳向對方提過了？」

「對，提過了。」

千佳子似是要他做個明確的了斷。

菊治起身，沿著走廊走向客廳，來到大石榴樹旁。他試圖鎮定神色，總不能讓稻村小姐面對他那張難看的臉色。

望著陰暗的石榴樹蔭時，千佳子的胎記再次浮現腦海。菊治搖搖頭。客廳前的庭院石頭，仍殘留些許暮光。

紙門是開著的，稻村小姐就坐在邊上。

小姐的光彩彷彿朦朧照向寬敞客廳的昏暗處。

壁龕的水盤插著菖蒲。

小姐繫的腰帶上也綴有鳶尾花圖案。或許是巧合，但那是常見的季節感象徵，所以或許並非巧合。

壁龕裡的花不是鳶尾而是菖蒲，所以葉子和花都插得很高。從那花的感覺可看出，是千佳子剛插上的。

二

隔天是星期天，陰雨綿綿。

午後，菊治獨自走進茶室，收拾昨天用過的茶具。

也為了追慕稻村小姐的餘香。

他讓女傭打傘，正要從客廳走下院子的踏腳石，卻見屋簷排水管有處破洞，就在石榴樹前，雨水嘩啦啦落下。

「那裡該修了吧。」菊治對女傭說。

「少爺說的是。」

菊治想起，老早便惦記這事。每逢雨夜就算鑽進了被窩，仍在意著那水聲。

「不過，要認真起來修理，到處都得修，簡直沒完沒了。不如趁著屋況還沒太糟，趕緊賣掉算了。」

「這年頭住大房子的人都這麼說呢。昨天連小姐也很驚訝，說這房子好大。小姐看樣子打算嫁進來吧。」

女傭似乎在暗示他別賣房子。

「栗本師傅關於那件事說過什麼嗎？」

「是的，小姐一來，師傅似是帶著小姐四處參觀家裡。」

「唔！眞受不了。」

昨天小姐並未對菊治提起此事。

菊治以爲小姐只是從客廳走進茶室，所以今天不知怎地，也想從客廳走進茶室。

菊治昨夜輾轉難眠。

總覺得茶室瀰漫著小姐的香氣，想半夜起身進茶室。

「她永遠是另一個世界的人。」

他對小姐抱著這樣的想法，好讓自己成眠。

沒想到小姐已由千佳子領著在家中四處參觀，這讓菊治頗感意外。

菊治命女傭拿炭火來茶室，沿著踏腳石走去。

昨晚千佳子要回北鎌倉，所以稻村小姐也一起走了。茶室就交給女傭收拾。

菊治只需將茶室角落陳列的用具收起來即可，但他不知道那些用具原本放在何處。

「栗本比我更清楚吧。」

菊治喃喃自語，眺望壁龕裡懸掛的歌仙圖。

那是法橋宗達[6]的小品之作，薄墨勾勒的線條略施淡彩。

「這畫的是誰呢？」

昨天稻村小姐這樣問起，菊治答不上來。

「不知道是誰，上面沒有題歌，我也分辨不出來。像這類畫中的歌人，看起來差不多都是這模樣。」

「應該是宗于[7]吧。」

這時千佳子插嘴：

「和歌吟詠的是，常磐松長青，春來色更濃。這時掛上雖嫌過了季節，但你父親生前很喜歡，春天經常掛出來。」

「不好說呢，到底是宗于還是貫之[8]，單憑畫作還是無法區別。」菊治又回了一句。

今天再看，從那曠達的面貌，依然完全無法辨識畫中人的身分。

不過，這幅線條簡略的小品，卻予人巍然的形象。而且看久了，甚至隱約可聞一縷清馨。

無論是這幅歌仙圖，或是昨日客廳裡的菖蒲，都讓菊治想起稻村小姐。

6／ 法橋宗達（？～約一六四〇），以大和繪爲基礎，在金色的背景上創作富明朗生命力的形與色，根據嶄新的發想與構圖創造富裝飾性的樣式，也擅長水墨畫。

7／ 源宗于（？～九三九），第五十八代光孝天皇的皇子忠親王之子。三十六歌仙之一，歌風平明中帶有豔情，蘊藏寂寥感。

「我燒了開水，來晚了。想讓水多燒一會兒再拿來較好。」

女傭送來炭火與一壺熱水。

茶室潮溼，菊治本來只想生個火，並無意煮茶。

然而女傭一聽菊治要炭火，便機靈地連開水都準備了。

菊治隨手添了木炭生火，架上水壺。

菊治自小就陪著父親泡茶，嫻熟茶席的規矩，卻並無太大興趣點茶。父親也不強求他學茶道。

就連現在看著煮沸的水，他也只是稍微打開水壺的蓋子，茫然枯坐。

茶室裡飄著霉味，榻榻米也很潮溼。

色調晦暗的牆面，昨日反而烘托出稻村小姐的風姿，今日又顯得分外陰森。

菊治覺得稻村小姐就像住洋房的人穿了和服來，昨日便對小姐說了：

「栗本突然邀您過來，想必造成困擾了吧。在茶室裡招待，也是她擅作主張。」

「我聽師傅說，今天是令尊歷年來舉辦茶會的日子。」

「是的、是的。我壓根忘了這回事，也沒想到。」

「在這樣的日子，叫來我這外行人，難不成是師傅故意挖苦人？因爲近來我在學茶道上

8／紀貫之（？～九四五），三十六歌仙之一。

不夠勤快。」

「栗本似也是今早才想起，匆忙來打掃茶室。所以還飄散著霉味吧。」說到這裡，菊治支吾其詞。「不過，同樣會相識，我寧可不是透過栗本介紹。我覺得對稻村小姐過意不去。」

小姐詫異地看著菊治。

「爲什麼？要不是師傅，便無人替我們引見。」

簡單明瞭的反駁，卻也是確切的事實。

的確，若非千佳子，兩人想必永不可能在這人世相見。

菊治彷彿迎來了閃爍著強光的鞭子一記抽打。

況且從小姐的說詞，聽來似已允諾與菊治的婚事。至少菊治這麼想。

小姐疑惑的目光，讓菊治感到恍如閃爍著強光，多少也有這個緣故。

不過，菊治直呼千佳子「栗本」，不知小姐聽了如何解讀？儘管爲期短暫，但千佳子畢竟曾是菊治父親的女人，小姐是否知道這事呢？

「因爲我對栗本留有不好的回憶。」菊治幾乎語帶顫抖。「我不希望那女人干涉我的命運。總覺得難以置信，稻村小姐竟是透過那女人介紹的。」

這時千佳子也端來自己的餐盤。對話就此中斷。

「我也一同作陪。」

千佳子說罷便落座，彷彿爲了緩和忙活一番後的喘息，她微微弓著背，端詳小姐的臉色。

「只邀請您一位，或許稍嫌冷清，但菊治少爺的父親肯定也很高興的。」

小姐垂下眼簾，坦白說了：

「我沒資格進入三谷師傅的茶室。」

千佳子充耳不聞，依舊滔滔不絕追憶菊治的父親生前如何使用這間茶室。

千佳子似乎篤定這樁婚事會談成。

臨走時，千佳子在玄關門口說：

「菊治少爺也該去稻村府上拜訪一次……改天再決定日子。」

小姐聽了點點頭。她似乎想說什麼，但並未出聲。渾身驀然散發出本能的嬌羞。

菊治心下詫異。彷彿感受到小姐的體溫。

然而，菊治總覺得自己被裹在一道陰暗醜惡的布幕裡。

迄今仍無法從那布幕裡逃脫。

不僅是將稻村小姐介紹而來的千佳子齷齪，菊治自己也帶著汙點。
菊治有時會幻想，父親張著一口汙穢的牙齒咬住千佳子胸前胎記的情景。而父親那模樣重疊在自己身上。
小姐明明不介意千佳子，菊治卻很介意。菊治的卑怯和優柔寡斷，或許不全然出於這個原因，但似乎不無影響。
菊治擺出一副厭惡千佳子的態度，又展現出被千佳子強迫與稻村小姐相親的姿態。而千佳子就是如此便於被利用的女人。
或許小姐已看穿了這點？菊治彷彿被當頭痛擊。此刻，菊治發現這樣的自己，爲之愕然。
用完餐，千佳子離席去泡茶時，菊治又說：
「若說命中注定是栗本撮合我倆，那麼關於命運的看法，稻村小姐與我顯然大不相同。」
這話多少帶有辯解的味道。
父親死後，菊治不喜歡母親獨自進入茶室。
至今他仍覺得，父親、母親和自己，獨自待在這間茶室時，似乎懷揣著不同的心事。

雨敲打著樹葉。

在雨聲中，雨敲打傘面的聲響愈來愈接近，門外響起女傭的聲音：

「太田家來人了。」

「太田家？是小姐嗎？」

「是夫人。不知怎地看來一臉憔悴，像生病似的……」

菊治猛然站起，卻就此佇立不動。

「該請夫人上哪個房間？」

「來這裡就好。」

「是。」

太田夫人沒打傘就來了。可能將傘放在玄關吧。

菊治以爲她臉上掛著雨滴，很快便發現那是淚水。

由於不斷從眼角滑落臉頰，這才明白是淚水。

起初菊治粗心得以爲那是雨水，隨即喊著「啊，妳這是怎麼了」，便走向夫人。

夫人在外廊頹然坐下，雙手撐著地板。

她扭頭看菊治，似要柔弱地倒向他。

走廊的門檻附近全被雨水打溼。

夫人的眼淚依然不止，又教菊治以爲是雨滴。

夫人目不轉睛望著菊治，就像這麼做能讓自己不致倒下。菊治也感到倘若閃避夫人的視線，必將迎來危險之事。

夫人的眼窩凹陷，眼周泛著細小皺紋，還有黑眼圈，成了異樣病態的雙眼皮。但傾訴哀怨的眼色閃爍水光，蘊含難以形容的溫柔。

「對不起，很想見你，不自禁就來了。」夫人親暱說著。

她的身姿也很溫柔。

若無這般溫柔，夫人憔悴得簡直讓菊治無法正視。

夫人的痛苦刺痛菊治的心。明知夫人的痛苦是自己所致，卻仍受她的溫柔引誘，萌生那足以減緩自身痛苦的錯覺。

「會淋溼的，快進屋來。」

菊治猝然從夫人的背後深深地摟住她的胸前，幾乎是將夫人拽了進來，這舉動顯得有些冷酷。

夫人試圖站穩。

「請放開我。放手。我很輕吧？」

「是啊。」

「我變輕了呢。因爲最近瘦了。」

菊治對於自己猝然抱起夫人的舉動，感到有點驚訝。

「令嫒會擔心吧？」

「文子？」

夫人那語氣就像文子也來了。

「令嫒也一起來了？」

「我是瞞著她來的……」夫人抽泣說著：「那孩子直盯著我。就連深夜裡，只要我一有動靜，她便立刻醒來。都因爲我，害那孩子變得有點古怪了，她甚至對我說出『媽，妳爲什麼只生我一個呢？妳後悔沒替三谷先生生孩子吧？』這種可怕的話。」

夫人邊說著，肅然端坐。

菊治從夫人的話語間感受到小姐的悲傷。

或許，那是不忍見母親悲傷的文子的悲傷。

但話又說回來，文子脫口對母親說出該替菊治的父親生孩子這番話，刺痛了菊治。

夫人仍凝視著菊治。

「今天，她或許也會立刻追來。我是趁她外出時溜出來的……可能以為下雨，料想我不會出門。」

「和雨天有關？」

「對，她似乎以為我在雨天就會虛弱得無法走路。」

菊治只是默默點頭。

「日前，文子來找過你吧？」

「她來過。她請我原諒妳，教我不知作何回應。」

「我明明了解她的心情，可為什麼又來了呢？啊，眞可怕。」

「但我很感謝夫人。」

「謝謝你。那次明明就夠了……只不過事後還是很痛苦，對不起。」

「可是，應該沒有什麼眞能束縛妳。硬要說，或許是家父的亡魂？」

然而這話並未讓夫人的臉色出現動搖。菊治覺得自己像在沉默的棉花堆上使力。

「讓我們忘了吧。」夫人說：「我不明白為何栗本女士的來電，會教我這般惱怒。眞是丟人。」

「栗本打電話給妳了？」

「對，今早打的。她說你與稻村雪子小姐的婚事已定……眞不知她爲何要特地通知我。」

太田夫人的眼眶又溼了，但驀然露出微笑。那不是悲喜交集，而是純眞的微笑。

「婚事並未確定。」這時，菊治否認。「妳是不是讓栗本察覺我倆的關係了？後來妳見過栗本嗎？」

「沒見過。但她那人很可怕，或許猜到了。今早通電話時也是，她想必看出了端倪。都是我不好。我當下差點暈倒，好像還叫喊了什麼。儘管在電話裡也聽得出來吧。因爲她還要我別礙著你們的婚事。」

菊治蹙眉，一時說不出話來。

「哪裡礙著了，我怎麼可能……關於你和雪子小姐的婚事，我只覺得都是自己不好，可是今早栗本女士太可怕了，令我毛骨悚然，在家實在待不住。」

夫人猶如被惡靈纏上似的雙肩不住顫抖。嘴脣歪斜，彷彿抽搐般吊起。顯出眞實年齡的醜陋。

菊治起身走過去，伸手想按住夫人的肩膀。

夫人抓住他的手。

「好怕，我好怕。」

她邊說著，驚恐地四下張望，又忽然有氣無力地問道：

「就是這間茶室？」

菊治不明白她這話的意思，遲疑地含糊其詞：

「是的。」

「是間好茶室啊。」

莫非夫人想起丈夫生前常受邀來此？或是想起菊治的父親？

「妳第一次來？」菊治問。

「對。」

「妳在看什麼？」

「沒有，沒什麼。」

「那是宗達的歌仙圖。」

夫人點點頭，就此垂首。

「妳以前沒來過家裡？」

「沒有，一次也沒來過。」

「是嗎？」

「不，只有一次，是他的告別式……」夫人的聲音消失。

「開水已經燒好了，要不要煮茶？可以多少消除點疲勞。正好我也想喝。」

「好，可以嗎？」

夫人欲起身，身子稍微踉蹌。

菊治從陳列在角落的盒子裡取出茶碗等茶具。他意識到那是昨日稻村小姐用過的茶具，但他還是拿出來。

夫人想取下鐵釜的蓋子，但手一抖，蓋子撞擊鐵釜，擦出細小的聲響。

夫人拿著杓子，傾身向前，淚水沾溼了釜口周圍。

「這個鐵釜，也是我請你父親買下的。」

「是嗎？我完全不知道。」菊治說。

即便夫人說那鐵釜是亡夫的遺物，菊治也不覺反感。對於坦率說出此事的夫人，亦不感奇怪。

夫人點完茶。

「我拿不起來。請你過來。」

菊治走到鐵釜旁，就在那裡喝茶。

夫人恍似暈厥般，倒向菊治的膝頭。

菊治抱住她的肩，夫人的背部微晃，呼吸似乎變得微弱。

在菊治的懷抱中，夫人柔弱得宛如初生幼兒。

三

「夫人。」

菊治粗魯地搖晃夫人。

菊治像要掐著她脖子似的，雙手扣住夫人的喉頭至胸骨一帶。可以看出夫人的胸骨比先前更嶙峋突起。

「夫人，妳分得清家父與我嗎？」

「你眞殘酷，別說了。」夫人依舊閉著眼，以甜膩的聲調說著。

夫人似乎不願立刻從另一個世界回來。

其實，菊治不是在問夫人，毋寧是對著自己心底深處的不安發問。

他老實地被誘入另一個世界。只能說那是另一個世界。在那裡，父親與菊治似乎毫無區別。那股不安甚至是在事後才萌生。

夫人彷彿非人間女子。她就像是人類以前的女人，或人類最後的女人。

夫人一旦進入另一個世界，便令人懷疑她是否無法分辨亡夫與菊治父親、菊治之間的區別。

「妳只要想起家父，就會將他與我當成一個人，是吧？」

「原諒我。啊，太可怕了。我眞是罪孽深重的女人。」

夫人的眼角滑下一行淚。

「啊，好想死。好想死啊。要是此刻便死去，不知該有多幸福。剛才菊治少爺不是差點掐我脖子嗎？爲什麼不掐呢？」

「別開玩笑了。但經妳這麼一說，還眞想試試。」

「眞的？太好了。」

夫人說著，伸出修長的脖子。

「我瘦了，應該很好掐。」

「妳也不忍心留下令嬡，就這麼死去吧。」

「不，再這樣下去，我終究也將疲憊而死。文子，就拜託菊治先生了。」

「倘若令嬡能像妳一樣……」

夫人赫然睜眼。

菊治爲自己的話大吃一驚。這句話完全出乎意料。

夫人不知是怎樣理解這句話。

「你瞧，我的心跳這麼亂……我已活不久了。」

夫人說著，拉起菊治的手，放在她的乳房下方。

或許是菊治那句話讓她驀然心神不定。

「菊治少爺多大年紀？」

菊治沒答腔。

「不到三十吧？都是我不好。我眞是可悲的女人。我什麼都不知道。」

夫人一手撐地支起上半身，雙腿屈起。

菊治整了整坐姿。

「我本不是爲了玷汙你與雪子小姐的婚事而來。可是，已經結束了。」

「還沒決定要結婚。妳這樣一說，我反倒覺得妳洗淨了我的過去。」

「眞的？」

「就連作媒的栗本，也曾是家父的女人。那女人總是揪著過去的恩怨口出惡言。妳是家父生前最後的女人，我想家父當時是幸福的。」

「你還是盡早和雪子小姐結婚才好。」

「那是我的事。」

夫人茫然望著菊治，臉上毫無血色，按著額頭。

「我頭好暈啊。」

夫人堅持要回去。於是菊治叫來車子，自己也坐上車。

夫人閉著眼靠在車子後座角落，無助的模樣彷彿性命垂危。

菊治沒有進夫人家。下車時，夫人從菊治的掌中抽出冰冷的手指，似是要倏忽消失無蹤。

約莫深夜兩點，文子打來電話。

「是三谷少爺嗎？家母剛才……」

話音到此頓了一下，接著才一字一句清楚說著：

「過世了。」

「啊？夫人怎麼了？」

「她過世了。心臟麻痺。最近吃了太多安眠藥。」

菊治啞然。

「所以，呃，我想拜託三谷少爺。」

「嗯。」

「三谷少爺若有熟識的醫生，方便的話，能否帶醫生來一趟？」

「醫生？要找醫生？很急吧？」

菊治很驚訝醫生居然還沒到，但他忽地明白過來。

夫人是自殺的。文子爲了隱瞞此事，這才來拜託菊治。

「我知道了。」

「拜託您了。」

文子想必思量許久，才打電話給菊治。所以才以一板一眼的口吻直接表明目的。

菊治坐在電話旁，閉上雙眼。

與太田夫人雙雙投宿於北鎌倉旅館那天，歸途中在電車上看見的夕陽，驀然浮現菊治的腦海。

那是池上本門寺的林間夕陽。

火紅的夕陽彷彿正好掠過樹梢而去。

樹林在滿天晚霞中浮上漆黑的剪影。

掠過樹梢的夕陽，也刺痛疲憊的眼睛，菊治不覺閉上雙眼。

那一刻，他忽然感到，稻村小姐包袱巾上的白色千羽鶴，彷彿正飛過眼中殘留的晚霞。

志野彩陶

一

菊治在太田夫人頭七的翌日去了太田家。

要是下班才去天都黑了，所以他本來打算提早下班。可臨要出發之際又忐忑不安，就這樣那天到了下班他仍未能成行。

文子來到玄關。

「哎呀！」

文子雙手撐地仰望菊治。好似得靠著雙手支撐，肩頭才不致顫抖。

「昨日謝謝您的花。」

「不客氣。」

「都收到了花，以爲您就不會過來了。」

「是嗎？也可能先送花，人隨後再到吧。」

「我倒沒這麼想便是。」

「其實昨天，我人已到了附近的花店……」

文子老實點頭。

「花束上雖未署名，但我立刻就猜到了。」

菊治想起昨天站在花店內的各色鮮花間，思憶太田夫人的情景。

也想起花香驀然緩和了自己造下罪孽的恐懼。

此刻文子亦溫婉地迎接菊治。

文子穿著白色棉衣，脂粉未施。唯稍顯乾燥的嘴唇淡淡地抹了點口紅。

「我想昨天還是不來的好。」菊治說。

文子側身挪開膝蓋，示意菊治進屋。

文子似是擔心哭出來，才在玄關寒暄。但是再以同樣的姿勢接著說下去，恐怕就要哭出來了。

「光是承蒙您送花就已萬分感謝了，昨天也是，您應該來的。」

文子在菊治的背後起身，跟上前說著。

菊治盡量保持輕鬆的態度。

「我怕讓府上的親戚不快就糟了。」

「我已經不在乎那種事了。」文子明確說了。

客廳裡，骨灰罈前立著太田夫人的遺照。

罈前供奉的花，只有昨日菊治送的那束。

菊治感到意外。文子只留下菊治送的花，將別人的花都收去了嗎？

但菊治也感覺到，或許夫人的頭七很冷清。

「這是茶道的水罐吧。」

文子明白菊治說的是插花的容器。

「是。我想正好合適。」

「這個志野陶好像很不錯。」

但以水罐來說嫌小了。

插的花是白玫瑰與淺色康乃馨，和筒狀水罐很相稱。

「家母有時會拿來插花，所以沒賣掉，一直留著。」

菊治端坐在骨灰罈前上香，雙手合十，閉上雙眼。

他在懺悔。然而，對夫人那份愛的感激流入心田，像受到寵溺縱容。

夫人是受罪惡感逼得無路可逃才尋死呢？抑或被愛逼得難以自抑而尋死？害死夫人的究竟是罪還是愛，菊治尋思整整一星期仍不得其解。

此刻在夫人的骨灰罈前閉上眼，腦海中浮現的並非是夫人的肢體，但夫人那芳香醉人的觸感卻溫暖地籠上菊治。奇怪的是，菊治卻絲毫未感不自然，這自然也是因爲夫人。雖說觸感重現，但並非雕刻性的感受，而是音樂性的感受。

夫人死後，菊治夜不成眠，只好在酒裡加安眠藥。可他仍睡得很淺，而且多夢。

可是他並未受噩夢驚擾，毋寧還不時在夢醒之際沉浸在甜美的陶醉。夢醒後依然低徊不已。

菊治心下驚奇，死去之人仍在夢中出現，並且能感受到那人的擁抱。在世間經驗不深的菊治眼中，委實難以想像。

「我眞是罪孽深重的女人。」

猶記夫人與菊治在北鎌倉的旅館裡共枕，以及來到菊治家進入茶室時，都曾這麼說過。但那反而像誘發了夫人歡愉的戰慄與悲泣。如今菊治坐在夫人靈前，感到似是自己害死了夫人，那若是罪，夫人自責罪孽深重的聲音重又盤桓心頭。

菊治睜開眼睛。

文子在他身後抽泣。她默默吞著淚水，偶然抽噎一聲又旋即忍住。

菊治文風不動，問道：

「這是什麼時候的照片？」

「五、六年前。我是拿小照片放大的。」

「這樣啊，是點茶時的照片嗎？」

「哎呀，您一看就看出來了。」

那是張臉部放大了的照片。和服交領處以下被剪去，兩肩的邊緣也被剪去。

「您怎麼知道是點茶的照片？」文子說。

「就有那種感覺。垂著眼，那表情像在做什麼，對吧。雖然看不見肩膀，但感覺得出身體繃緊了在使力。」

「本來還擔心微微側臉的角度不妥，但家母生前很喜歡這張照片。」

「很平靜，是張好照片。」

「不過，側面照還是不行。人家來上香時，就像她沒正眼看著人家。」

「啊？還有這般顧慮。」

「她的臉撇向一旁，還垂著頭。」

「說得也是。」

菊治想起夫人死去前一日點茶的情景。

持杓的夫人，眼淚沾溼了釜口周圍。菊治走過去拿起茶碗。他喝完時，鐵釜上的淚水已乾。才放下茶碗，夫人就倒向他的膝頭。

「拍這張照片時，家母身形還比較豐腴。」文子說完，又躊躇著說：

「況且，照片和我太像了，放在那兒總覺得難爲情。」

菊治驀然回頭。

文子垂下眼簾。打從剛才她就一直凝望著菊治的背影。

菊治便從靈前起身，在文子面前坐下來。

可是，他還能說什麼向文子道歉？

幸好供花的是志野彩陶水罐，菊治在它面前跪坐俯身，彷彿鑑賞茶器般望著它。

白釉中微微浮現紅色，菊治伸出手，輕觸那似冰冷又顯溫熱的光亮表面。

「溫柔，如夢，我們也喜歡好的志野陶器。」

菊治原想說「如溫柔女子的夢」，臨時改口省略女子兩字。

「要是喜歡，就送給您留念吧。」

「不。」菊治慌忙抬頭。

「倘若不嫌棄，請您收下。家母想必也很高興。這水罐似是品質不錯。」

「這當然是好東西。」

「我也是曾聽家母這麼說，才拿來插您送的花。」

菊治驀然熱淚盈眶。

「那我就收下了。」

「家母也會很高興的。」

「但我應該不會當水罐用，而是當成花瓶使用喔。」

「家母也曾拿來插花，您要當花瓶用也行。」

「說是插花，也不是茶道的花呢。茶具離開茶道後會寂寞吧。」

「我再不想碰茶道了。」

菊治趁著轉身站了起來。

他將靠近壁龕的坐墊拉到簷廊邊坐下。

文子一直跪坐在菊治身後一段距離外，沒用坐墊。

菊治一挪動，文子就像被獨自遺棄在客廳中央。

文子原先微微屈指放在膝上的手，像要壓抑顫抖般握緊。

「三谷少爺，請您原諒家母。」文子說著，頹然垂首。

她垂下頭那瞬間，菊治以爲她的身體也要順勢倒下，赫然一驚。

「妳這是什麼話。該請求原諒的是我。我才想著自己是連『請原諒我』都開不了口、不知如何道歉之人。是我愧對妳，根本沒臉見妳。」

「該慚愧的是我們。」

文子露出羞慚的神色。

「恨不得挖個地洞就此消失。」

從毫無脂粉的臉頰到白皙的長頸漸漸染上粉紅，可以看出她多麼心力交瘁。

那淡淡的血色，反而讓人感到她的貧血。

菊治感到心痛。

「我還以爲妳不知多麼恨我。」

「恨？怎麼可能？難道家母恨過三谷少爺？」

「不，可是，是我害死了妳母親。」

「家母是自己走上了絕路。我是這麼想的。自她辭世後，我獨自思考了整整一星期。」

「在那之後妳就一個人在家？」

「對，不過，家母和我打從以前便是這樣過日子。」

「我害死了和妳相依爲命的母親。」

「她是自己尋死。倘若您堅稱害死她，那麼我才是將她逼上絕路之人。假使家母的死非得憎恨誰不可，我會憎恨我自己。怪罪旁人或心生後悔，將使她的死變得陰暗而不純。我認爲活著的人的反省與後悔，只會成爲死者的包袱。」

「也許的確如此，但要是我沒有遇見妳母親……」菊治說不下去了。

「我想，只要死者能得到原諒，那就夠了。家母或許也是想得到原諒才會尋死。您願意原諒她嗎？」

文子說著便起身離開。

聽了文子的話，菊治只覺得腦海中似已卸下一層帷幕。

他不禁暗忖，眞的可能減輕死者的包袱嗎？

爲死者而苦惱，或許就像在咒罵死者，徒增膚淺的錯誤？死者並不會將道德強加在生者之上。

菊治再次望向夫人的照片。

二

文子端著茶盤走進來。

托盤上有赤樂陶與黑樂陶的筒狀茶碗。

她將黑樂茶碗放在菊治面前。

裝的是粗茶。

菊治拿起茶碗，湊近看了看碗底的印記，唐突地問道：

「是誰的？」

「我想是了入[9]。」

「赤樂也是？」

「對。」

9／ 了入（一七五六～一八三四），樂燒陶本家樂家的第九代陶匠，被譽爲樂家中興的名匠。

「是一對吧。」

菊治說著，望向赤樂茶碗。

赤樂茶碗依然在文子的膝前

這種筒狀茶碗拿來喝茶正好稱手，但菊治的腦海驀然浮現某種難堪的想像。

文子的父親死後，菊治的父親還在世時，菊治的父親來到文子母親這兒，該不會就是將這套茶碗當作茶杯使用？菊治的父親用黑的，文子的母親用紅的，成了夫妻茶碗？

若是了入陶，的確不需太珍惜，說不定還成了兩人旅行用的茶碗呢。

果眞如此，知情的文子此刻在菊治面前拿出這套茶碗，未免是過於殘酷的惡作劇。

但菊治並未感到惡意的嘲諷，抑或絲毫企圖。

他理解爲少女單純的感傷。

而那感傷毋寧也感染了菊治。

文子和菊治，或許都被文子母親的死糾纏，以至於連這種異樣的感傷都無法抗拒，但這對樂茶碗加深了菊治與文子共同的悲傷。

菊治父親與文子母親的私情，還有母親與菊治的關係，乃至母親的死，文子一概知情。隱瞞文子母親的自殺，也是兩人合謀。

文子泡茶時似乎哭過，眼眶微微泛紅。

「我很慶幸今天來到府上。」菊治說：「剛才妳一席話，也可解釋爲死者與生者之間，已不存在原諒或不原諒的問題。但我還是換個想法，就當得到了妳母親的原諒。」

文子頷首。

「若非如此，家母也無法取得原諒。儘管她可能始終無法原諒自己。」

「不過我來到這裡，與妳相對而坐，或許是件可怕的事。」

「爲什麼？」文子望著菊治。「您的意思是她不該死？她死的時候，我也很不甘心，無論她受到多大的誤解都不該尋死。死亡形同拒絕一切的理解。任誰都不可能原諒。」

菊治沉默不語，他認爲文子或許一語道破死亡的祕密。

死亡形同拒絕一切的理解。沒想到會從文子口中聽到這句話。

就像現在，菊治理解的夫人，和文子理解的母親，想必大不相同。

文子無從得知母親身爲女人的那一面。

無論是原諒他人，或被他人原諒，菊治都蕩漾在女體如夢境般的浪潮中。

這對赤黑茶碗，似乎也能勾起菊治夢境般的心緒。

文子不理解那樣的母親。

從母親體內誕生的孩子，卻不理解母親的身體，聽來似帶著幾許微妙，但母親的體態已微妙地遺傳給女兒。

打從文子到玄關迎接，菊治便感受到一股溫柔，那也是因爲文子柔和的圓臉神似她母親。

若說夫人是因爲在菊治身上看見他父親的影子才犯下大錯，那麼菊治意識到文子神似夫人，便是一道令人戰慄的咒縛。然而菊治順從地接受這誘惑。

光是望著文子那嬌小微突的乾燥雙脣，菊治就覺得無法與她爭辯。

到底要怎麼做，這位小姐才會起而反抗呢？

菊治幾乎閃過這樣的念頭。

「夫人太溫柔了，所以才會活不下去。」他說：「可是我對她太殘酷。或許是將自己道德上的不安，透過那種形式發洩在她身上了吧。因爲我太膽小卑怯……」

「是家母不好。她是無藥可救之人。無論她與令尊，或她與您的事，我都不認爲那只是出於她性格上的問題。」

文子欲言又止，羞紅了臉。雙頰的血色也紅潤多了。

彷彿要迴避菊治的注視，她微微低頭別開臉。

「可是，家母死後隔天，我卻漸漸覺得她很美。或許不是我這樣想，而是她自己變美了。」

「對死去的人而言都是一樣的吧。」

「她或許是忍受不了自己的醜陋才尋死……」

「我不這麼認爲。」

「再加上她悲傷心碎，難以承受。」

文子眼眶泛淚。她想說的是母親對菊治的愛情吧。

「死去之人已然永遠占據我們心中，所以好好珍惜吧。」菊治說：「只是，人們都死得太早了。」

文子似乎也明白，菊治說的是兩人的父母。

「妳我都是獨生子女。」菊治又說。

菊治說出這句話後才察覺，要是太田夫人沒有文子這個女兒，他與夫人的情事或許會讓他陷入更陰暗扭曲的思緒中。

「聽夫人說，文子小姐以前對我父親也很親切。」

菊治忍不住脫口而出。他以爲說得很自然。

他覺得和文子談起父親將太田夫人當情婦而常來此處之事，應該無妨。

哪知文子突然雙手扶地，跪伏著向他道歉。

「請您原諒，因爲家母太可憐了……打從那時起，她就隨時想死了。」

她說著，就此伏身磕頭，動也不動地哭出來，雙肩頹然垮下。

由於菊治出其不意來訪，文子顧不得穿襪子。於是她將腳底板藏在腰後，整個身子蜷縮起來。

垂散在榻榻米上的髮絲，幾乎碰上赤樂筒狀茶碗。

文子雙手摀著臉，走出房間。

過了半晌都不見她回來，菊治只好說聲「今天我該告辭了」，便走出玄關。

文子抱著包袱走來。

「要給您增添包袱了，請帶走吧。」

「啊？」

「是志野陶。」

文子取出鮮花，倒掉裡頭的水，擦乾水罐裝箱打包的俐落動作，讓菊治非常驚訝。

「今天就要給我了嗎？剛才不還插著花？」

「請您帶走吧。」

菊治猜想，文子或許是太過悲傷，這會兒才快刀斬亂麻，一邊說道：

「那我就收下了。」

「您能帶走是最好，我就不去拜訪了。」

「爲什麼？」

文子沒回答。

「那麼，請保重。」

菊治說完正要走，文子說：

「謝謝您來這趟。請別在意家母，早日成婚吧。」

「妳說什麼？」

菊治回頭。但文子始終垂首。

三

帶回來的志野水罐，菊治照樣插上了白玫瑰與淺色康乃馨。

菊治覺得自己彷彿在太田夫人死後，才愛上了夫人。他深陷在那樣的思緒中。

而且他感到這份愛，似是經由夫人的女兒文子才確切意識到。

星期天，菊治打電話給文子。

「還是一個人在家嗎？」

「是的。很寂寞，但……」

「一個人獨處不好。」

「嗯。」

「光是從電話裡，好像都能感受到府上一片靜悄悄的呢。」

文子微微笑了。

「何不找幾個朋友上家裡陪妳？」

「可是怕讓人來了，家母的事會被發現……」

菊治一時語塞。

「一個人的話，也不便外出吧？」

「那倒不至於。我會關緊門窗再出門。」

「那麼有空來我家吧。」

「謝謝您，過些時日再去打擾。」

「身體還好嗎？」

「瘦了。」

「睡得好嗎？」

「夜裡幾乎都沒睡。」

「那可不行。」

「或許近期會將房子稍微整理過，然後去朋友家租個房間。」

「近期？什麼時候？」

「等這裡賣了之後。」

「妳家嗎？」

「是的。」

「妳打算賣房子？」

「是的。您不認爲賣了較好嗎？」

「這個嘛……我也正考慮賣掉我家的房子。」

文子沉默。

「喂？電話裡也談不清楚。星期天我都在家，妳要過來嗎？」

「好。」

「妳送我的志野水罐，我插上了西洋花，妳要是來了，就可以拿它當水罐使用……」

「點茶……？」

「倒也不用講究茶道的規矩，只是不拿志野當水罐使用一次，未免太可惜了。況且茶具還需與其他茶具相互輝映，才能散發眞正的美感。」

「可是，今天的我比上次見到時更加不堪，不好去見您。」

「反正不會有客人來。」

「可是……」

「那好吧。」

「再見。」

「保重。好像有客人來了，再見。」

來客是栗本千佳子。

菊治板著臉，深怕千佳子聽見了剛才的電話。

「連日陰雨，難得遇上好天氣，我就來了。」

千佳子一邊招呼著，目光已落在志野水罐上。

「接下來要夏天了，茶席也會清閒一段時間，所以想來府上的茶室坐坐……」

千佳子將帶來的點心連同扇子送上。

「茶室恐怕又有霉味了吧。」

「可能吧。」

「這是太田家的志野吧，借我欣賞一下。」

千佳子若無其事說著，邊往花那邊膝行移動。

只見她雙手撐地，低下頭，骨骼粗大的雙肩拱起像要噴出毒液。

「你買下的？」

「不，是對方送的。」

「送的？那可眞是大手筆的贈禮。算是紀念嗎？」

千佳子抬起頭，正眼面對他。

「這麼貴重的東西，還是買下來好，對吧？倘若讓人知道是年輕小姐送給少爺的，後果可不堪設想喔。」

「嗯，我會考慮。」

「請務必這麼做。太田家的各式茶具，很多都在府上了，但那全是你父親買下的，即便在他照顧夫人之後也是……」

「我不想聽妳說這些事。」

「行了，行了。」

千佳子倏然輕快地站起來。

一會兒傳來她在別處和女傭的交談聲，隨後穿上家務服出現。

「太田夫人其實是自殺吧？」千佳子出其不意說了。

「不是。」

「是嗎？我可一下便猜到了。那個夫人身上本來就帶著幾分妖氣。」

千佳子望著菊治。

「你父親也說那夫人教人摸不透。女人的眼光自然和男人不同，但她總佯裝一副天眞的模樣，和我們這種人合不來，黏膩得要命……」

「我不想聽妳說死者的壞話。」

「話是這麼說沒錯，問題是這死去的女人不也妨礙了少爺的婚事嗎？就連你父親，早先在她身上也吃了不少苦頭。」

菊治暗忖，吃苦頭的只怕是妳千佳子吧。

千佳子和父親只是露水姻緣，亦非因太田夫人而遭致疏遠，但父親直到死前仍和太田夫人相好，不知讓千佳子多麼嫉恨。

「像菊治少爺這樣的年輕人，根本也摸不透那位夫人。她死了反而幫上大忙。我說的可都是實話。」

菊治扭過頭不看她。

「要是連少爺的婚事都被她破壞，那怎麼得了。她果然也覺得羞愧，又壓抑不了身上的魔性，這才去尋死。那種女人，想必還以爲死了就能再見到你父親呢。」

菊治感到一陣寒意。

千佳子走下院子說：

「我去茶室靜靜心。」

菊治呆坐半晌盯著花瞧。

花瓣上白與淡紅的色彩，彷彿與志野陶的色澤融為一體，氤氳朦朧。

此時菊治腦中浮現，文子獨自在家趴伏著哭泣的身影。

母親的口紅

一

菊治刷完牙回到臥室，女傭已在吊掛的葫蘆花器中插了牽牛花。

「今天也該起床了。」

菊治說完又鑽進被窩。

他仰臥著，在枕上扭頭望向掛在壁龕角落的花。

「開了一朵，便拿來裝飾。」

女傭退到隔壁房間。

「今天您也請假吧？」

「對，再休息一天。但我要起床了。」

菊治患感冒鬧頭痛，向公司請了四、五天病假。

「哪來的牽牛？」

「就纏在院子邊的蘘荷上，開了一朵。」

多半是野生的。尋常的藍色，細瘦藤蔓上的花葉都很瘦小。

不過，看似塗上古老朱漆的泛黑葫蘆外，垂落綠葉和藍花，予人清新之氣。

女傭打從父親生前就在家裡了，所以懂得做這些事。

懸掛的花器上可見漆色斑駁的花押，陳舊的盒子上還寫著宗旦[10]二字，那若爲眞，這葫蘆已有三百年的歷史。

菊治不懂茶道插花，即便女傭也只是外行。但是早上的點茶，插上別稱朝顏的牽牛或也妥適。

想到傳承三百年的葫蘆裡，插著一朝凋謝的牽牛花，菊治不由凝望良久。

比起在同樣擁有三百年歷史的志野水罐裡插滿西洋花，想必更適合。

不過，剪枝插瓶的牽牛花不知能維持多久時間，他略感不安。

菊治對伺候他用早膳的女傭說：

「還以爲那牽牛轉眼就凋謝，好像也沒有。」

「眞是這樣呢。」

10／宗旦（一五七八～一六五八），江戶前期茶人，千家第三代宗匠，千利休的孫子。

菊治想起，自己曾打算在文子當成母親遺物贈送的志野水罐裡，插上一枝牡丹。可收下水罐時，已過了牡丹花開的時節，但那時或許哪裡還可見牡丹花開吧。

「我都忘了家裡還有那個葫蘆。虧妳能找出來。」

「是。」

「妳見過我父親在葫蘆裡插上牽牛嗎？」

「沒有，只是因爲牽牛和葫蘆都是蔓生植物，才想試試……」

「哦？蔓生植物啊……」

菊治笑了，感到些許失落。

讀著報紙，頭又沉重起來，便在飯廳躺下。

「床還沒收拾吧。」

菊治這麼一說，正在洗碗盤的女傭擦乾手走來。

「我這就去打掃。」

之後，菊治進臥室一看，壁龕已不見牽牛花。

葫蘆花器也沒掛在壁龕了。

「嗯——」

應該是不想讓他看見即將枯萎的花吧。

牽牛花和葫蘆都是蔓生植物的說法，讓他忍俊不禁，但看來父親往昔的日常規矩，似也殘留在女傭的舉措中。

可沒想到，志野水罐仍擱在壁龕中央沒收拾。

倘若讓來訪的文子看見了，肯定以爲遭到了怠慢。

從文子那裡得到水罐時，菊治立刻插了白玫瑰與淺色康乃馨。

因爲文子在她母親靈前就是這麼插花的。那白玫瑰與康乃馨，是文子的母親頭七那天，菊治送的花。

那天，抱著水罐返家的路上，菊治在昨日訂花送去文子家的那家花店，又買了同樣的花。

然而後來哪怕只是碰觸水罐，菊治都會心跳加速，從此就沒再拿來插花。

有時走在路上，乍見中年女人的背影便倏然被強烈吸引。察覺了這點後，菊治爲之黯然，喃喃自語著：「簡直是罪人。」

驀然回神，那背影和太田夫人並不像。

只有腰身和夫人一般豐腴。

菊治在那瞬間感到近乎戰慄的渴望，也在同一瞬間，甘美的陶醉與可怕的驚恐重疊，讓菊治彷彿從犯罪的瞬間清醒過來。

「到底是什麼教我成了罪人？」

菊治像是要甩開陰影似的自問，然而回答他的，卻是對夫人徒增的思念。

已逝之人的肌膚觸感不時鮮活重現，菊治覺得若不設法擺脫，自己恐怕無法得救。

他也想過或許是良心的苛責，讓感官出現病態的幻覺。

菊治將志野水罐放進盒中，鑽回被窩。

正在眺望庭院時，雷鳴乍起。

雷聲雖遠卻響亮，而且一聲聲愈來愈近。

閃電劃過院中樹木。

但午後陣雨先臨，雷聲漸遠。

暴雨打在院中泥土，飛濺起水花。

菊治起身打電話給文子。

「太田小姐已經搬走了……」電話那頭說。

「啊？」菊治當下愣住。

「不好意思。那麼……」

菊治心想，文子果然賣掉了房子。

「您知道她搬去哪裡嗎？」

「是，請稍等。」

電話那頭似乎是女傭。

對方很快回來，像是照著紙上寫的念出地址。

地址是「戶崎宅」。也有電話。

菊治打去那戶人家找文子。

文子開朗的聲音傳來：

「讓您久等了，我是文子。」

「文子小姐嗎？我是三谷。我剛剛打電話到妳家。」

「對不起。」

她壓低嗓門時的聲音，和她母親很像。

「幾時搬家的？」

「啊，那個……」

「妳都沒說一聲呢。」

「前些日子就住在友人這裡。房子已經賣掉了。」

「哦。」

「我也猶豫著是否該通知您。起初沒打算，也覺得不好告訴您，但最近又爲了沒告訴您這事而愧疚。」

「本來就是嘛。」

「哎呀，您也這麼想？」

菊治在談話間，心靈彷彿獲得洗滌而變得神清氣爽。原來通電話也能有這種感受嗎？

「看著妳送我的志野水罐，就很想見妳。」

「是嗎？家裡還有一件志野陶器。是小型的筒狀茶碗。那時本想同水罐一起給您，但家母平常都拿來喝茶，而且茶碗邊緣留有她的口紅印……」

「啊？」

「家母是這麼說的。」

「妳母親的口紅印就這樣留在那陶器上？」

「倒不是留在那兒。那件志野陶器本就帶點淡紅色，家母曾說，邊緣一沾上口紅就擦也擦不乾淨。她過世後，我每每看著那碗緣，好似有一處的顏色特別紅。」

文子只是隨口說出這番話嗎？

菊治似乎已聽不下去，於是換了話題。

「這場雷陣雨好大，妳那邊也是嗎？」

「傾盆大雨。雷聲很可怕，我嚇得縮成一團。」

「這場大雨過後，應該會很清爽。我也休息了四、五天，今天還待在家。方便的話，請來坐坐吧。」

「謝謝您的邀請。就算要去，我本打算找到工作後再去拜訪。我想出去做事。」

沒等菊治回答，文子又說：

「但接到您的電話很高興，我這就過去拜訪。可也許我其實不該再去見您……」

菊治盼著雷陣雨過去，讓女傭先收起被褥。

這通電話居然邀來了文子，菊治大感意外。

但是，自己與太田夫人之間的罪疚暗影，卻在聽見夫人女兒的聲音後消失殆盡，這點更教菊治始料未及。

難道是女兒的聲音，讓他感到夫人還活著嗎？

菊治刮鬍子時，將沾上肥皂泡的刷子朝庭院的樹葉甩動，任雨滴打溼。

正午過後，菊治以為文子到了，去玄關一看，是栗本千佳子。

「哦，是妳啊。」

「天氣愈來愈熱了。久未問候，過來探望一下。」

「我身體不太舒服。」

「那可不得了。臉色看起來不太好呢。」

千佳子皺起額頭望著菊治。

文子應該會穿洋裝來，可自己竟將木屐聲誤認成文子，著實可笑。菊治邊暗想著，說道：

「去弄牙齒了？好像變年輕了。」

「趁著梅雨季清閒無事……只是假牙太白了些。反正很快又會髒了，不打緊。」

千佳子走進菊治的臥房，看著壁龕。

「毫無裝飾，看起來很清爽吧。」菊治說。

「是，因為正值梅雨季嘛。不過，起碼得插點花……」

千佳子說著轉頭面對他。

「太田家的志野陶器呢？」

菊治沉默以對。

「那個還是退回太田家比較好吧？」

「退不退是我的自由。」

「不能這麼說。」

「至少，也不是妳說了算。」

「這可未必。」

千佳子咧嘴露出雪白的假牙笑了。

「我今天來，就是打算給少爺一點小小的忠告。」

邊說著，她忽然張開雙手，一副要袪除什麼似的。

「得將魔性從這個家趕出去……」

「妳別嚇唬人。」

「可是，今天我是以媒人的身分提出要求。」

「若是與稻村小姐的親事，感謝妳的好意，但我拒絕。」

「別急、別急，只因爲看媒人不順眼，就放棄原本中意的親事，未免也太小家子氣了。

媒人是負責搭橋的，少爺只要踩著橋過去就好。你父親以前可就是這麼毫無顧忌地利用我呢。」

菊治面露不悅。

千佳子一旦說得起勁，便又習慣地聳起肩膀。

「這也難怪。我本就和太田太太不同。人微言輕。這種事應該坦誠無諱地與你談一談。只是很遺憾，我壓根沒資格算在你父親的外遇名單中，我倆轉眼就結束了……」

她說著垂下頭。

「但我一點也不恨你父親。後來他只要用得上我時，就隨心所欲地利用我……對男人來說，有過關係的女人用起來更方便。我也拜你父親所賜，學到了健全的社會常識。」

「嗯——」

「所以，你儘管利用我健全的社會常識吧。」

菊治被她這番言之成理的話所吸引，漸漸放鬆下來。

千佳子從腰帶抽出扇子。

「人呢，要是太富男子氣、或是十足的女人味，都無法培養出健全的常識。」

「是嗎？難不成妳要說常識是中性的？」

「這話可是在挖苦我？不過，只要保持中性，就可以看清男人與女人的心理喔。太田母女倆相依爲命，你不覺得她丟下女兒尋死也太狠心了嗎？依我看，她說不定是有恃無恐，心想等她死後，你自然會照顧她女兒……」

「妳胡說什麼！」

「我仔細想了又想，最後就起了這疑心。我總覺得太田太太利用了她的死破壞你這樁親事。那絕非單純尋死。一定有陰謀。」

「只是妳胡思亂想。」

菊治嘴上雖這麼說，但千佳子的突發奇想，的確讓自己心頭一動。就像閃電劃過天際。

「菊治少爺，稻村小姐的事，你同太田夫人提過吧？」

菊治心裡有數，卻矢口否認。

「打電話給太田夫人說我婚事已定的，不就是妳嗎？」

「對，我是通知她了。但我是要警告她別來干擾。就在那天晚上，夫人死了。」

一陣沉默。

「可是，少爺又是怎麼知道我打過電話給她？莫非她來找你哭訴了？」

菊治猝不及防被命中要害。
「沒錯吧？她還在電話那頭驚叫起來呢。」
「如此說來，形同是妳殺死她的。」
「這麼想，少爺會比較輕鬆吧。反正我已習慣當壞人了。你父親以前就是，只要有必要，就讓我扮演冷酷無情的壞女人，常利用我呢。雖然談不上是報恩，但今天我甘願當個壞人。」
菊治聽來，千佳子似在發洩那根深蒂固的嫉妒與憎恨。
「這背後的事，姑且就當作不知道……」
千佳子垂下目光，彷彿在盯著自己的鼻子，
「菊治少爺儘管當我是個多管閒事的壞女人，討厭我也不打緊……早晚我都會讓你遠離那個魔女，締結良緣。」
「良緣的話題，可不可以就此打住？」
「好、好，我也不想將此事與太田夫人的事相提並論。」
說到這裡，千佳子放緩聲調：
「太田太太倒也不是壞人……自己雖死了，卻仍默默一心祈求將女兒的終身託付給少爺……」

「又在胡說了。」

「本來就是。菊治少爺以爲她活著的時候，從沒想過要讓女兒嫁給你？若眞這樣想，那你可就太糊塗了。她無論是睡是醒，滿腦子淨是你父親，就像著了魔似的。要說她痴情的確很痴情。可是，分不清現實連女兒也捲進來，最終還賠上自己的生命……在旁人看來，那就像可怕的詛咒或妖魔作祟。那是張撒出去的魔性之網啊。」

菊治與千佳子四目相對。

千佳子翻起小眼睛瞅著他。

菊治無法迴避她的目光，索性別過頭去。

任由千佳子喋喋不休，菊治卻顯得心慌畏怯，一方面固然是因爲打從最初就被千佳子抓住弱點，但其實還是爲她那番離奇的言論所深深震驚的緣故。

死去的太田夫人，當眞期盼女兒文子能夠與菊治結爲連理嗎？菊治做夢也沒想過，而且也不相信。

恐怕是千佳子的妒意作祟才潑髒水吧。

是像千佳子胸前的胎記一般醜陋的揣想吧。

然而這番離奇的言論，對菊治猶如晴天霹靂。

菊治感到恐懼。

難道自己眞不曾如此期望過？

雖說和母親有染後又移情於女兒這種事並非舉世罕有。但是還沉醉於母親的擁抱就已不知不覺被女兒吸引，而且自己渾然未覺，好像的確成了魔性的俘虜。

菊治如今想來，也覺得自從見過太田夫人後，自己的性格彷彿驟變。

他覺得渾身發麻。

「太田小姐來了，她說既然有客人在，那她改天再來……」女傭來稟報。

「哎呀，她走了嗎？」

菊治急忙起身走出去。

二

「剛才打擾了……」

文子伸長白皙修長的脖子仰望菊治。

從咽喉到胸部的凹陷，形成一道淡黃色陰影。

不知是光線之故，還是因爲憔悴，那淡淡的陰影讓菊治倏然安心下來。

「是栗本來了。」

菊治乾脆地說。他走出來時還有點不自在，可一看到文子，反而覺得輕鬆了。

文子點點頭說：

「我看到師傅的陽傘了……」

「哦，妳說這把西洋傘嗎？」

一把長柄的灰色西洋傘，靠在玄關門口。

「要不這樣，妳先到偏屋的茶室等一會兒？栗本那老太婆很快就會走。」

菊治說著，卻不免懷疑起自己明知文子要來，爲何沒早點打發走千佳子。

「我無所謂……」

「這樣嗎？那麼請進吧。」

文子好似對千佳子的敵意毫無所悉，進了房間後，坦然向千佳子打招呼。

也爲千佳子前去弔唁母親表達謝意。

千佳子就像在看著學生學習茶道，稍稍抬高左肩，挺起胸膛。

「妳母親是個嫻雅之人——在這嫻雅之人難以生存的世間，就像最後的花朵凋零。」

「家母並未如您所言般嫻雅。」

「留下妳一個人，她想必走得很不放心吧。」

文子垂下眼簾。

微微前突的下脣，倏然抿緊。

「妳想必很寂寞，可以來練練茶道。」

「唔，我已經……」

「多少可以排遣心情。」

「我已經沒資格學茶道了。」

「說這什麼話。」

千佳子鬆開交疊在膝上的雙手。

「其實，我也是看梅雨季像要過去了，想給茶室通通風，今天才特地前來。」

她說著，瞄了菊治一眼。

「文子小姐既然來了，不如一起去煮茶？」

「啊？」

「就用妳母親留下的志野水罐……」

文子抬頭看著千佳子。

「順便聊聊夫人的往事吧。」

「可是，我不想在茶室裡哭哭啼啼的。」

「啊，想哭就哭吧，沒關係的。等菊治少爺過陣子娶了妻，我可也不能再隨便進茶室。雖然這茶室充滿回憶……」

千佳子笑了笑，隨即肅容端坐。

「就等少爺和稻村雪子小姐的婚事定下來。」

文子點點頭。臉上不動聲色。

然而，那張與母親肖似的圓臉看得出憔悴的神色。

菊治開口了：

「這事又還沒說定，別無端造成人家困擾。」

「所以說就等定下來嘛。」千佳子隨即反擊：「俗話說好事多磨，在婚事定下來前，文子小姐就當沒聽說過。」

「好。」文子再次點頭。

千佳子喚來女傭，便起身去茶室打掃。

「這邊樹蔭下的葉子還是溼的。要小心點。」

院中傳來千佳子的聲音。

三

「早上在電話裡，還聽得見這邊的雨聲吧。」菊治說。

「電話裡也聽得見雨聲嗎？我沒留意。這庭院裡的雨聲，電話裡聽得見嗎？」

文子望向院子。

樹叢後傳來千佳子打掃茶室的聲音。

菊治也看著庭院。

「我當時也不認爲電話裡聽得見文子小姐那邊的雨聲。但事後卻這麼覺得，那場午後雷雨實在驚人。」

「是啊，雷聲很嚇人呢……」

「對嘛，妳在電話裡也這麼說過。」

「連這種無關緊要的小事，我都像家母。小時候每次一打雷，家母就會拉起袖子裹住我的頭。夏天出門時，她也經常望著天空說，今天不曉得會不會打雷。至今只要一打雷，我有時還想拿袖子蒙住臉呢。」

文子從肩膀到胸部流動著羞赧的線條。

「那個志野茶碗，我帶來了。」

她說完就起身離席。

等她回到房間，將那包覆起的茶杯放在菊治膝前。

不過，見菊治有點躊躇，她又將盒子拉回去，自行從盒中取出茶碗。

「那個樂燒筒狀茶碗，妳母親也當茶杯用過吧。是了入嗎？」菊治說。

「對。她說黑樂和赤樂拿來盛裝粗茶和煎茶都不好看，所以較常用這個志野。」

「是啊。要是黑樂就看不清粗茶的色澤……」

見菊治無意拿起放在面前的志野筒狀茶碗，她說：

「或許算不上上好的志野陶。」

「哪兒的話。」

但菊治還是沒伸手去拿。

正如今早文子在電話中所言，這件志野陶的白釉透著淡紅。凝視片刻後，那紅色像漸漸自白釉裡浮現。

而且，杯緣帶著淺褐色。有一處的淺褐色顯得深了些。

那是嘴脣碰過的地方嗎？

看似沾了茶垢。但也可能是嘴脣留下的汙漬。

菊治再次凝望那淺褐色，果然又覺得漸漸泛紅。

如同今早文子在電話中所言，是夫人的口紅印染上的痕跡嗎？

這麼一想再仔細瞧，釉面裂紋果然也帶有紅褐交雜的色澤。

那色澤猶如口紅褪色，又好似枯萎的紅玫瑰——然後，想到那色澤也像是沾在什麼上頭的暗沉血跡，菊治內心浮上異樣的感覺。

他同時感到令人作嘔的不潔，與心猿意馬的誘惑。

那碗身上以藍黑色繪上寥寥幾片寬葉草。葉片中幾處也泛著鐵鏽色。

草葉畫得單純又健康，彷彿能喚醒菊治的病態感官。

茶碗的姿態也凜然端莊。

「很不錯。」

菊治說著拿起茶碗。

「我不懂鑑賞，但家母喜歡拿它來喝茶。」

「這茶碗很適合女性。」菊治從自己的話語中，又鮮明感受到夫人的女性那一面。

話說回來，文子爲何將沾附著母親口紅印的志野陶器帶來給他？

菊治困惑著，文子究竟是天眞、還是遲鈍？

但菊治彷彿同時感受到，文子身上某種不欲抗拒的情緒。

菊治在膝上轉動茶碗鑑賞，卻刻意避免手指碰觸到碗口。

「請收起來吧。栗本老太婆看到不免又要囉嗦了，可煩人的呢。」

「是。」

文子將茶碗放回盒中包好。

她帶來似乎是要送給菊治，卻找不到適當時機開口。或許顧慮著菊治不喜歡這茶碗。

文子起身將那包裹又放回玄關。

這時千佳子弓身從庭院走上來。

「請將太田家的水罐拿出來好嗎？」

「還是用我家的吧。況且太田小姐也在場……」

「這是什麼話，就是因爲文子小姐來了才用的嘛。用她母親留下的志野，正好可以談談故人往事。」

「可是，妳不是很恨太田夫人嗎？」菊治說。

「我怎麼會恨她？只是個性合不來罷了。怨恨死去的人又有什麼用呢？不過，雖合不來而不了解她，但另一方面反而也看透了她。」

「妳眞是熱中於看透人呢……」

「別讓我看透不就沒事了。」

文子從走廊過來，然後坐在房門口。

千佳子抬起左肩轉身。

「喏，文子小姐。可以用妳母親的志野陶器吧？」

「是，您請便。」文子回答。

菊治取出才放進壁櫥的志野水罐。

千佳子俐落地將扇子往腰帶一插，抱起水罐的盒子走去茶室。

菊治也來到門口。

「今早在電話中聽說妳搬家了，我嚇了一跳。賣房子的事，都是妳一個人打理的嗎？」

「是。不過買方是熟人，所以很簡單。對方暫住大磯，據說房子很小，便表示願與我交換，但就算房子再小，我也不可能一個人住呀。倘若要外出工作，還是分租房間較輕鬆省事，所以先搬去友人家。」

「找到工作了嗎？」

「沒有。真要找的時候，才發現自己毫無一技之長……」文子微笑著又說：「本來打算找到工作再上門拜訪。此刻沒有家、也沒工作，如此漂泊不定還過來見您實在太悲慘了。」

菊治很想說，就是這種時候來才好。他起先還擔心文子孤苦無依，但看著眼前的她似乎不顯得寂寞。

「我也想賣掉這房子，可就一直拖著。但正因爲想賣，所以排水管也沒修，連榻榻米也如妳所見，都沒有翻新。」

「您會在這房子成婚吧？屆時再整理……」文子率直地說。

菊治看著文子。

「妳說的是栗本提起的婚事？妳以爲我現在結得了婚嗎？」

「是因爲家母……？既然母親讓您那麼傷心，我想今後您也可以放下了……」

四

千佳子駕輕就熟，很快就將茶室準備好了。

「少爺看來，和水罐的搭配如何？」

即便千佳子這麼問，菊治也不懂。

見菊治沒答腔，文子也保持沉默。菊治與文子都看著志野水罐。

它曾在太田夫人靈前充作花瓶，今日終於又恢復水罐的用途。

原本在太田夫人手中，如今則聽由栗本千佳子使用。太田夫人死後，留給女兒文子，文子又轉贈菊治。

這就是這只水罐的奇妙命運。但或許茶具本就是這麼回事。

在太田夫人擁有它之前，這三、四百年間，不知輾轉流落多少不同命運人物之手。

「放在風爐和茶釜這些鐵器旁，志野彩陶看起來更像個美人呢。」菊治對文子說：「但是，它強悍的姿態絕不比鐵器遜色。」

志野陶的白色表面自深處溫潤地反射出光澤。

菊治在電話中對文子說過，看著這志野陶就想見她。或許在她母親的白皙肌膚下，也深藏著女人的強悍吧。

天氣悶熱，菊治敞開茶室的紙門。

文子座位後方的窗口，只見楓葉青青。楓葉濃密重疊的影子，落在文子的髮上。

文子修長的脖頸以上沐浴在窗口射入的光線中，似乎初次穿上短袖的手臂顯得有點蒼白。她明明不胖，肩膀卻看似渾圓，手臂也很圓潤。

千佳子也望著水罐。

「水罐果然還是得用於點茶，否則就像失去了生命。拿來隨便插幾支西洋花太糟蹋了。」

「家母以前也會拿來插花。」文子說。

「妳母親留下的水罐，居然來到這間茶室裡，簡直像做夢一樣。但妳母親地下有知想必很高興。」

千佳子或許帶著嘲諷的意味。

但文子仍若無其事說：

「她也會拿水罐來插花。況且，我已經不碰茶道了。」

「別這麼說嘛。」千佳子環視茶室說：「我感覺還是坐在這裡心情最自在。也有幸見到各方人士。」

她說著望向菊治。

「明年就是你父親逝世五週年。忌日那天你應該辦個茶會。」

「是啊，一字排開都是贗品茶具，客人來了或許會很有趣。」

「你胡說什麼。你父親的茶具中可沒有一件是贗品。」

「是嗎？但是全使用贗品的茶會想必很有意思。」菊治對文子說：「這間茶室裡，總覺得瀰漫著一股發霉的臭氣，若茶會上全使用贗品，或許可以讓這股臭氣一掃而空吧。就當作是爲父親祈福的法會，從此與茶道斷了糾葛。儘管我早就斷了這緣分……」

「你想說都是我這個老太婆百般上門叨擾，讓茶室不得安寧是嗎？」

千佳子俐落地拿竹刷攪動抹茶。

「可以這麼說。」

「我可不許你那麼說。但少爺要是結了新緣，斷掉舊緣也無妨呢。」

千佳子將茶送到菊治面前，示意他品嚐。

「文子小姐，聽菊治少爺這番玩笑話，妳母親留下的水罐似是送錯地方了。看著這志野，總覺得妳母親的臉孔似乎就映在那上頭呢。」

菊治放下喝完的茶碗，驀然望向水罐。

映在黑漆蓋子上的或許是千佳子的身影。

然而，文子只是心不在焉地坐著。

菊治不知道文子究竟是對千佳子放棄了抵抗，還是試圖漠視千佳子。

文子並未面露不悅，就這麼和千佳子一同坐在茶室裡，也挺奇怪的。

即便千佳子提起菊治的親事，文子也沒有露出不自在的神色。

從以前就憎恨文子母女的千佳子，字字句句都在侮辱文子，但文子並未表現出反感。

或許文子已沉溺在深深的悲傷中，以至於覺得這一切不過流於表面？

難道是母親猝逝的打擊，讓她已經超脫了這一切？

或是她繼承了母親的性格，是個對自己和他人都毫不抵抗、不可思議的純潔女孩？

然而，菊治似乎並未努力維護文子，避免她遭受千佳子的憎惡與羞辱。

當菊治意識到這一點，不禁覺得自己才奇怪。

連菊治看著千佳子最後自點自飲茶的模樣，也覺得奇怪。

千佳子從腰帶間取出錶。

「錶太小，老花眼看不清……將你父親的懷錶給我吧。」

「他沒有懷錶。」菊治不客氣地打了回票，

「有。他可常用了。每次去文子小姐家，他應該都掛著懷錶吧？」

千佳子說著，佯裝一副驚訝的表情。

文子垂眼不語。

「兩點十分嗎？兩根指針湊到一起，都快看不清了。」

千佳子又擺出勤快的架式。

「稻村小姐替我找來一群學生，今天下午三點上茶道課。所以我去稻村家上課前先過來一趟，想聽聽菊治少爺的答覆，心裡好有個底。」

「請妳明確地回絕稻村家吧。」

即便菊治這麼說，千佳子也只是笑著打馬虎眼說：

「好、好，要明確是吧。」

「真希望能夠早日讓那些人在這間茶室上團體課呢。」

「那妳讓稻村家買下這棟房子就行了。反正我最近也要賣掉。」

「文子小姐，那我們一起走吧。」

千佳子不理會菊治，扭頭對文子說。

「好。」

「我得趕緊收拾收拾。」

「我來幫忙吧。」

「可以嗎？」

可千佳子沒等文子，便匆匆走去水房。

傳來了水聲。

「文子小姐，還是算了，妳別隨她一起走。」菊治小聲說。

文子搖搖頭。

「我害怕。」

「沒什麼好怕的。」

「我就是害怕。」

「那妳隨她走一段，再擺脫她。」

文子又搖搖頭，撫平夏裝膝窩處的縐痕後起身。

菊治本想從下方伸出手。

他看文子踉蹌著以爲她要倒下。文子臉上霎時一片通紅。

方才千佳子提及父親的懷錶，文子一聽眼眶微紅，此刻那股羞慚卻驀然綻放如花。

文子抱著志野水罐走向水房。

「哎呀，果然還是拿著妳母親的遺物來了？」

屋內傳來千佳子嘶啞的聲音。

雙重星

一

栗本千佳子來菊治家說，文子及稻村小姐都結婚了。

夏季的夜晚，約莫八點半天色尚亮，菊治在晚餐後躺在簷廊，眺望女傭買來的那籠螢火蟲。白濛濛的螢火不知幾時變得泛黃，天也黑了。但菊治沒有起身開燈。

菊治向公司請了四、五天夏季休假，前往友人位於野尻湖的別墅，今天剛回來。

友人已婚，剛生了孩子。缺乏育兒經驗的菊治，不知嬰兒生下多少日子了，也無從判斷嬰兒的個頭是大或小，遲疑著如何寒暄較好，最後只說：

「這孩子發育得眞好。」

友人的妻子卻說：

「沒那回事。剛出生的時候小得可憐，最近才勉強趕上標準。」

菊治試著朝嬰兒揮手。

「寶寶沒眨眼呢。」

「現在看得見了，但要再過一段時間才會眨眼。」

菊治以爲嬰兒也要幾個月大了，誰知才過百日。難怪年輕的妻子頭髮稀疏，臉色蒼白，還看得出產後的憔悴。

友人夫妻一切以嬰兒爲中心，好似眼中只有嬰兒的生活，菊治覺得自己顯得多餘了。然而搭上回程的火車後，溫順的友人之妻那憔悴得了無生氣、卻仍神色恍惚抱著嬰兒的纖細身影，始終在菊治的腦海縈繞不去。友人與父母手足同住，因此剛生下第一胎不久便能與丈夫單獨來湖畔別墅小住的妻子，想必是安心得恍神了吧。

即便此刻已到了家躺在簷廊，菊治仍回想起友人之妻的身影，這份懷念之情近乎一種神聖的哀愁。

這時千佳子來了。

千佳子毫不客氣地走進房間，張口便說：

「哎呀，這地方怎麼這麼暗。」

隨後便在菊治腳邊的走廊坐下。

「打光棍眞可憐啊。這麼躺著，連個幫忙開燈的人都沒有。」

菊治屈膝縮起腳。保持那姿勢又躺了一會，最後才不情願地坐起。

「哎，少爺躺著就好。」

千佳子說著，以右手打個手勢示意菊治躺下，這才正經寒暄幾句。說去了京都，回程順道經過箱根。在京都的茶道老師那裡，見到茶具店的大泉老闆。

「久別重逢，我們聊了很多你父親的事。他說帶我去三谷先生以前幽會的地方，是木屋町一家小旅館。你父親多半和太田夫人去過吧。大泉居然還要我住那家旅館。簡直太沒神經了。想到你父親和太田夫人都不在了，就算我膽子再大，夜裡說不定也會覺得毛骨悚然呢。」

菊治心想，說這種話的千佳子才著實沒神經。但他依舊沉默。

「菊治少爺也去了野尻湖？」

千佳子這是明知故問。一進門就先向女傭打聽自己的行程，不等女傭稟報便自行闖進房間，這是她一貫的作風。

「我剛回來。」

菊治不悅地回答。

「我三、四天前就回來了。」

千佳子也是一板一眼的口吻，隨即聳了聳左肩。

「沒想到，一回來就聽說了憾事。我大吃一驚。都怪我疏忽了，簡直沒臉見菊治少爺。」

千佳子說，稻村小姐結婚了。

菊治露出了驚詫的表情，又暗忖幸好簷廊很昏暗。但他嘴上仍佯裝不在乎。

「哦？什麼時候？」

「少爺倒是事不關己似的，很冷靜啊。」千佳子諷刺地說。

「本來就是，雪子小姐那樁事我早就再三拒絕了。」

「只是口頭上。你就是想對我擺出這副臉孔吧。一副打從開始就沒興趣，都是我這好事的老太婆自作主張，死纏爛打，令人厭惡。但你其實覺得對方那位小姐相當不錯。」

「妳胡說什麼。」

菊治不屑地笑了。

「少爺很中意雪子小姐吧。」

「的確是很好的小姐。」

「我一眼就看出來了。」

「就算說是很好的小姐，也未必要結婚吧。」

然而，聽聞稻村小姐成婚之事，仍不禁心頭震盪。菊治忽然強烈渴望在腦中描繪小姐的身影。

菊治只見過雪子兩次。

一次是在圓覺寺的茶會上，千佳子爲了讓菊治見雪子，特地讓雪子點茶。雪子點茶的手法率眞優雅，當時映照嫩葉疏影的紙門，彷彿照亮雪子身上的和服肩頭及袖子，乃至秀髮，在菊治心中留下深刻的印象，可他卻想不起雪子的臉孔。唯有當時雪子用的紅色茶巾，以及她走向寺後茶室時手中桃紅色縐綢綴著白色千羽鶴圖案的包袱巾，迄今仍鮮明浮現眼前。

再來就是雪子上菊治家那天，也是千佳子點茶。到了翌日，菊治仍感覺茶室裡縈繞著雪子的香氣，那繪有鳶尾花色的腰帶迄今猶在眼前，卻想不起她的面容。

就連三、四年前過世的父母，菊治也難以明確想起兩人的容貌。看了照片才恍然大悟地點著頭。或許愈是親近、愛慕之人，就愈難在腦海中描摹。反而愈是醜陋的事物，就愈容易留下明確的記憶。

他對雪子的眼睛及臉頰，徒留光暈般抽象的記憶。可千佳子那塊從乳房延伸至心窩的胎記，卻如癩蛤蟆般凝聚成具體的記憶。

簷廊此刻雖昏暗，但菊治看得出，千佳子穿著白色小千古縮11的長襯裙，即便在亮處，也不可能透過布料窺見胸前胎記。然而菊治憑著記憶，看見了那塊胎記。正因爲待在黑暗處，反而看得分明。

「既然覺得是位很好的小姐，就不該錯失良緣。因爲稻村雪子小姐，在這世上僅此一人。就算花一輩子去找，也找不到同樣的人。這麼簡單的道理，少爺還不明白嗎？」

千佳子以斥責的口吻說著：

「你經驗少，所以太挑剔。這下子，你和雪子小姐的人生都改變了。人家小姐本來有意願嫁來這家裡，如今另有歸宿後要是過得不幸，少爺多少也得負起責任。」

菊治不作聲。

「你想必也仔細看過小姐了。難道讓那位小姐今後過了好幾年還想起你，後悔當初沒與你結婚，你也不在乎嗎？」

千佳子的聲音裡透著惡毒。

雪子既已結婚，千佳子又何必再來多嘴？

「是螢火蟲嗎？這時節還有？」千佳子驀地伸長了脖子，「該是秋蟲的季節了吧？居然還有螢火蟲，簡直像鬼魂嘛。」

11／　以新潟縣小千谷市爲中心生產的苧麻所織成的布料。

「應該是女傭買來的。」

「女傭多半就這點程度。要是菊治少爺學茶道，就不會有這種事了。日本講究的是四季分明。」

千佳子這麼一說，螢火的確有點像鬼火。菊治想起在野尻湖畔也聽見了蟲鳴。肯定是這時節難得一見的螢火蟲。

「少爺要是娶妻了，想必不會有這種錯過季節的落寞感。」

千佳子突然不勝唏噓。

「我本來以爲介紹稻村小姐給你，算是報答你父親。」

「報答？」

「對。況且就是因爲你整天躺在暗處看螢火蟲，才會連太田家的文子小姐都另嫁他人。」

「什麼時候？」

菊治十分錯愕，像是遭到突襲似的，比起聽聞雪子嫁作人婦的消息更爲震驚，甚至來不及掩飾自己的驚慌神色。菊治一臉難以置信的反應，千佳子都看在眼裡。

「我也是從京都回來才知道，都給愣住了。兩人像約好了似的匆匆忙忙嫁人。年輕人就是這麼經不起考驗。」千佳子說：「本來想文子小姐嫁了人就不會再來打擾菊治少爺，可惜那時稻村小姐也已出嫁。稻村家那邊，連我都顏面掃地。都要怪少爺太過優柔寡斷。」

然而，菊治依然難以相信文子結婚了。

「太田夫人果然連死了都仍陰魂不散地打擾菊治少爺。不過，文子小姐結了婚，夫人的魔性總算該從這個家消散了吧。」

千佳子轉而望向庭院。

「這下子可清淨了，庭院的樹也該找人修整了。單看這幕黑壓壓的也知道枝葉蔓生得多麼茂密。教人看了都氣悶。」

父親死後這四年，菊治不曾請過園丁整理。院中樹木枝葉叢生、樹型紊亂，光是聞到白天餘熱的氣息也能明白。

「女傭怕連水也沒灑吧。這點小事，何不吩咐下去？」

「用不著妳管。」

儘管千佳子每句話都讓菊治蹙起眉頭，他卻仍任憑她喋喋不休。每次一見到千佳子，他都是這樣。

千佳子說起話來雖尖酸刻薄，卻還是想討好菊治，也同時在刺探他的態度。菊治早已習慣了她的作風。菊治會直接反駁，卻也暗自戒備。千佳子對此了然於心，卻常佯裝不知，有時又刻意表現出她其實都知道。

而且，千佳子很少說出讓菊治出乎意料的冷言酸語。她總是點出菊治內心自我厭惡的那一面可能萌生的想法。

今晚，千佳子似是特地上門通知雪子與文子結婚的消息，藉此試探他的反應。她究竟有何目的？菊治不敢掉以輕心。千佳子盤算著將雪子介紹給菊治，讓文子遠離菊治，可既然兩個女孩都已嫁人，按理來說菊治作何想法都已與千佳子不相干，但她彷彿還在刺探著菊治的心事。

菊治想起身打開房間和簷廊上的電燈。和千佳子這般摸黑著對話，想來也挺可笑，再說彼此的關係根本沒那麼親密。就算千佳子連庭院樹木修剪的事都要插手，但菊治只當成她的老毛病，聽罷便拋諸腦後。但是要菊治爲了開燈而起身，他又嫌懶。

千佳子也是，雖然一進房間就嫌黑，卻也始終沒有去開燈的意思。在這種細節之處分外勤快本是千佳子的習性，也是身爲茶道師傅的職業病。如此觀之，她對菊治或已沒那麼盡心。也可能是因爲她年紀大了，或是身爲茶道師傅已習慣端起架子。

「接下來這話，單純是京都的大泉托我帶來口信。說要是少爺有意賣茶具，他願意接手。」千佳子語帶從容。「如今和稻村小姐的婚事沒成，倘若少爺要奮發振作、展開新生活，實在也用不上這些茶具。看來從你父親那一代開始的差事終究用不到我了，想來著實寂寞，而茶室也只能趁我來訪時通通風了吧。」

菊治當下恍然大悟。

千佳子的目的很露骨。眼看菊治未能與雪子成婚，便不再指望菊治，最終打算和茶具店老闆聯手騙走他的茶具。她多半在京都就和大泉商量好了。

菊治與其說惱怒，毋寧感到肩頭一輕。

「反正我連房子都打算賣了，說不定改天真的會拜託妳。」

「那人畢竟從你父親在世就相熟，怎麼說來都比較安心。」千佳子又補上一句。

菊治暗忖，家中的茶具，千佳子可能遠比自己更清楚，或許她早在心裡盤算好了。

菊治望向茶室。茶室前方有一棵高大的夾竹桃，開了滿樹白花。夜色太黑，只見夾竹桃那頭一片白茫茫，分不出天空與院中樹木的界線。

二

下班時，菊治正要離開辦公室，又被電話叫回去。

「我是文子。」微弱的聲音傳來。

「呃，我是三谷……」

「我是文子。」

「啊，我知道。」

「冒昧打電話來眞是失禮，但有件事，若不打電話道歉就來不及了。」

「啊？」

「是這樣的，昨天我寄了信給您，可是好像忘記貼郵票。」

「是嗎？我還沒收到……」

「我在郵局買了十張郵票，寄了信，回家一看，發現十張郵票都在。可見我多麼心不在焉。眞不知該怎麼做才能在信件抵達前道歉……」

「若是爲了這點小事，用不著在意……」

菊治邊回答邊暗自忖度，那封信，看來是要通知他婚訊。

「那封信是要報喜嗎？」

「啊……？每次都是打電話，還是第一次寫信，總拿不定主意該不該寄出，才會忘記貼郵票。」

「妳現在人在哪裡？」

「我在東京車站的公用電話亭……外面還有人在排隊等著呢。」

「公用電話？」

菊治有點納悶，但還是說：

「恭喜妳。」

「咦……？托您的福，總算……但您怎麼知道？」

「栗本告訴我的。」

「栗本女士……？但她怎麼會知道？眞是可怕。」

「不過，妳應該不會再見到栗本了。記得上次在電話中還聽見雷雨聲，對吧？」

「您是這麼說過。當時我也說，剛搬去友人家，正猶豫著該不該通知您，這次也是如此。」

「那麼，我很感激妳願意通知我。聽栗本說起後，也在猶豫該不該對妳說聲恭喜。」

「倘若就此失了音信，未免太傷感。」

漸不可聞的聲音和她母親很像。

菊治驀然沉默。

「或許不得不從此斷了音信……」

一陣沉默。

「目前住的是稍嫌破舊的六疊陋室，是和工作同時找到的。」

「啊……？」

「大熱天還得出門上班，眞是累人。」

「那肯定是，況且妳才剛結婚……」

「咦？結婚……？您說結婚？」

「恭喜妳。」

「什麼？我嗎……？您別鬧我了。」

「妳結婚了吧。」

「什麼？我結婚……？」

「妳不是結婚了嗎？」

「沒有呀。我現在哪來的心情結婚呢……？家母才剛那樣去世……」

「啊。」

「是栗本女士這麼說的？」

「對。」

「這是爲什麼？我不懂。三谷先生聽說之後，也以爲是眞的？」

文子像在自言自語。

菊治忽然以淸晰的聲調說：

「電話裡不方便談，能不能見個面？」

「好。」

「我現在就去東京車站，請妳在那邊等我。」

「可是……」

「要不約個地方碰面？」

「我不喜歡和人約在外頭見面，還是我去府上拜訪吧。」

「那我們一起回去吧。」

「若要一起走，還是得約個地方碰面吧？」

「不如妳先來我公司？」

「不，我還是自己去府上吧。」

「這樣嗎，我這就回去。要是文子小姐先到了，請直接進屋等我。」

文子從東京車站搭電車，應該會比菊治早到。但是菊治總覺得兩人會搭上同一班車，走在月臺的人潮中四下張望。

果然還是文子先到菊治家。

聽女傭說人在庭院，菊治便從玄關旁走進院子。文子就坐在白夾竹桃樹蔭下的石頭上。

千佳子來過之後的四、五天，女傭都會在菊治回來前先往地上灑水。庭院裡的舊水龍頭還能用。

文子坐的石頭底部看起來溼漉漉的。肥厚的綠葉若是配紅花，盛開的夾竹桃猶如南國炎夏的花朵，但那是白花，顯得格外清涼。簇簇花朵溫柔搖曳，籠罩文子的身影。文子也穿著白色棉衣，翻領和袋口處以深藍色布料鑲上一道細邊。

夕陽從文子身後的夾竹桃上，照射到菊治的面前。

「歡迎妳來。」菊治說著親密地走近她。

文子本想比菊治先說些什麼，但她只說：

「剛才在電話中……」

然後她縮起肩膀，像要轉身般站了起來。或許是擔心菊治再走近，好似就要拉起她的手來。

「剛才在電話中三谷先生說了那種話，所以我才來拜訪。來澄清事實……」

「妳說結婚的事嗎？我也嚇了一跳。」

「哪一次……？」文子說著垂下目光。

「妳是問當我聽聞妳結婚的消息時，和方才妳告知我沒結婚的時候吧。兩次我都很驚訝。」

「兩次都是？」

「那當然。」

菊治沿著踏腳石走去。

「從這邊進屋吧。妳應該先進屋等我的。」

他說著在簷廊坐下。

「前不久旅行歸來，正在簷廊休息時，栗本跑來了。是晚上。」

女傭從裡屋呼喚菊治。應該是爲了菊治離開公司時，打電話回來吩咐的晚餐吧。菊治起身過去，順便換了高級白麻紗布做的家居服。

文子似乎也補了妝。等菊治坐下後，她說：

「栗本女士到底是怎麼對三谷先生說的？」

「她只說，聽說文子小姐也結婚了……」

「三谷先生就信以爲眞了？」

「我實在沒想到她會騙我……」

「您毫不懷疑……？」

文子烏黑的大眼睛，霎時似乎泛出水光。

「我現在能夠結婚嗎？三谷先生以爲我做得出那種事？家母和我都很痛苦，也很悲傷，如今傷痛仍未消失又怎能……」

菊治聽來，彷彿她母親還活著。

「家母和我都很容易倚賴人們的好意，或許也相信別人能夠理解自己。難道那只是夢嗎？只是從自己內心的水鏡中反映出的自我……」文子幾乎泣不成聲。

菊治沉默片刻。

「記得前些日子，我曾問妳：『妳認為我現在能夠結婚嗎？』就是午後雷雨那天……」

「打雷那天……？」

「對。今天卻反過來由妳問我了。」

「不一樣，那是……」

「妳每次都念我，應該要結婚了。」

「那是因為三谷先生和我的狀況完全不一樣。」

文子含淚的雙眼凝視菊治。

「三谷先生和我不一樣。」

「哪裡不一樣？」

「身分也不一樣……」

「身分……？」

「是的，身分不一樣。不過，若說『身分』這個字眼不妥當，或也可說是身世的汙點。」

「妳指的是罪孽深重……？那應該是我吧。」

「不！」

文子甩著頭，眼淚奪眶而出。但只有一滴淚意外地從左邊眼角滲出，沿耳邊滑落。

「說是罪孽，那麼家母形同背負罪孽而死。我不認爲是罪孽。我想那是家母的悲傷。」

菊治低下頭。

「說是罪孽，或許沒有消弭之時。但悲傷遲早會過去。」

「可是，文子小姐說出身世的汙點這種話，會讓妳母親的死蒙上汙點吧。」

「果然還是該說悲傷深重才對。」

「悲傷深重……」

和愛意深重一樣嗎——菊治本想這麼說，卻又作罷。

「那不重要，重要的是您還有與雪子小姐的婚事。和我不一樣。」

文子似乎想將話題拉回現實。

「栗本女士似乎認定家母意欲破壞三谷先生的婚事。她聲稱我已結婚，應是認定我也想破壞您的婚事。我只能這麼想。」

「可是，她說稻村小姐也結婚了。」

文子驀然露出茫然若失的神色。

「騙人……騙人的吧。那肯定也是謊言。」她說著再次甩著頭。

「是什麼時候的事？」

「妳說稻村小姐結婚……？應該是最近。」

「那肯定是騙人的。」

「栗本說雪子小姐和文子小姐兩人都結婚了，反而讓我以爲文子小姐結婚也是眞的。」

菊治低聲說：「不過，雪子小姐的婚訊或許是眞的……」

「不可能。天氣這麼熱，沒人會在這種時節結婚。只穿得住單衣，還會汗流浹背。」

「說得也是。就沒有人在夏天舉辦婚禮嗎？」

「對，幾乎沒有……或許也不是絕對沒有……說不定會將婚禮延到秋天舉行……」

文子濡溼的雙眼不知怎地又湧上淚水，落在膝上。她凝望自己的淚痕。

「可是，栗本女士爲什麼要撒那種謊呢？」

「我完全被她騙了。」菊治說。

然而，那爲何會令文子流淚呢？

至少現在確定了，文子的婚訊是謊言。

說不定是因爲雪子眞的結婚了，千佳子爲了讓文子遠離菊治，才說文子也結婚了？菊治如此懷疑。

但這麼推論總覺得不對勁。菊治思量，雪子的婚訊多半也是謊言。

「總之，在還沒確定雪子小姐的婚訊是眞是假之前，還不能斷定這就是栗本的惡作劇。」

「惡作劇……」

「姑且就當她是惡作劇吧。」

「但要是今天我沒打電話，您就會以爲我結婚了。這種惡作劇也太過分了。」

女傭又喊菊治。

菊治從裡屋拿著信回來。

「文子小姐的信寄到了。沒有貼郵票……」

他不以爲意地要拆信。

「不、不，請別看信……」

「爲什麼？」

「眞是的，請還給我。」

文子說著膝行過去，想從菊治手中奪回信。

「還給我。」

菊治情急之下將手藏到背後。

就在這瞬間，文子的左手撐在菊治的膝上，伸出右手想將信搶過來。卻因左手和右手的動作方向相反，身體頓時失去重心，差點倒向菊治懷中。她連忙將左手往後撐住，右手極力前伸，還想去抓菊治背後的信。只見文子身子向右一扭後前傾，側臉幾乎要撞入菊治懷裡。但文子輕巧柔軟地閃開了。就連撐在菊治膝上的左手，也只是微微輕觸。向右扭又前傾的上半身，真不知何以能靠如此輕柔的一觸支撐。

眼看文子重心不穩似要倒向自己，菊治渾身僵硬緊繃，又因文子意外柔韌的軀體差點失聲驚呼。他強烈感到她是個女人。他感到那是文子的母親太田夫人。

文子是在哪一瞬間閃開的呢？她是如何放鬆力氣？那簡直是不可能的柔韌。彷彿是女人本能的祕技。菊治以爲文子的身體會沉重地壓過來，誰知文子彷彿只是一道溫熱的氣息倏忽而去。

那氣息強烈襲來。夏日從早到晚工作的女人，體味會變得更濃烈。菊治感到文子的氣味，卻也是太田夫人的氣味。那是太田夫人擁抱的氣味。

「哎呀，請還給我。」

菊治沒有抗拒。

「我要撕掉。」

文子轉向一旁，將自己寫的信撕得粉碎。脖頸和露出的手臂都已汗溼。

文子方才險些倒下又急忙閃開時，臉色霎時變得蒼白，待坐正後才滿臉通紅，似乎是這當下出的汗。

三

附近餐館送來的晚餐一成不變，索然無味。

女傭一如往常，在菊治面前擺上了那只志野筒狀茶碗。

菊治驀然察覺，文子也看見了。

「哎呀，那茶碗，您有在用？」

「嗯。」

「傷腦筋。」

文子的聲調沒有菊治那麼難爲情。

「我很後悔送這種東西給您。在那封信上也稍微提到此事。」

「妳寫了些什麼……？」

「還能寫什麼，當然是爲自己送了毫無價值的東西致歉……」

「哪裡是毫無價值的東西呢。」

「又不是上乘的志野陶。家母平時還拿來喝水呢。」

「我雖不懂這些，但是，不是挺好的志野嗎？」

菊治說著拿起筒狀茶碗打量。

「可是，品質更好的志野陶多得是。三谷先生用了之後，或許會想起別的茶碗，覺得還是別的志野陶更好……」

「我家好像沒有志野的小茶碗。」

「就算府上沒有，也會在別處看到。倘若您使用它時，又想起別的茶碗，覺得別的志野陶比較好，那麼家母和我都會很難過。」

菊治沉吟著吸了一口氣。

「我和茶道已經無緣，也不會再看到別的茶碗。」

「可是，難保不會在偶然的機緣下看到。況且過去，您肯定看過更好的志野陶。」

「照妳這麼說，送人只能送最頂級的東西嘍。」

「是啊。」

文子說著明確抬起頭直視菊治。

「我就是這麼想。所以在信上也寫了，請您將它砸碎扔掉。」

「砸碎？這個嗎？」

面對執意逼迫的文子，菊治打起了馬虎眼。

「這是志野的古窯燒的，應該也有三、四百年的歷史了。起初或許是筵席上盛裝小菜的容器，並非茶碗或茶杯，但當作小茶碗使用以來，想必也經過不少年頭。古人很珍惜它，代代傳承。說不定還曾被裝進茶具盒，一路帶著去遠地旅行。可不能因爲文子小姐的任性就輕易砸碎。」

茶碗的邊緣，據說也沾染了文子母親的口紅。

文子的母親似乎曾告訴她，茶碗邊要是沾了口紅，擦也擦不乾淨。菊治得到這志野茶碗後，也覺得邊緣有一處特別髒，洗也洗不掉。當然，那並非口紅的顏色，而是淺褐色，隱約帶點紅，多少近似口紅褪色的陳舊痕跡。不過，那或許也是志野陶本身微微泛紅之故。此外，昔日既是茶道使用的茶碗，碗口接觸嘴脣處是固定的，所以也可能是文子母親之前的持有者留下的脣垢。不過，平時便拿來當茶杯用的太田夫人，還是最常使用的人吧。

菊治想過，拿它當茶杯用，會是太田夫人自己的主意嗎？難不成是菊治的父親突發奇想，教夫人這麼用？

他也不禁懷疑，夫人似乎將那套了入的赤黑對碗，看成了她與菊治父親的夫妻對杯而拿來用著。

父親見她將志野水罐當花瓶，插上玫瑰和康乃馨，又將志野筒狀茶碗當茶杯用，或許曾覺得這樣的太田夫人很美吧。

兩人死後，水罐和茶碗都來到菊治身邊。如今，文子也來了。

「這絕非任性。我眞的希望您砸碎它。」文子說：「我將水罐送給您，您也欣然收下，而後我想起還有一只志野陶，便將茶碗一併送上，可事後我覺得很難爲情。」

「這件志野陶不應作爲茶杯用，眞是可惜了……」

「可是，更好的多得是。倘若您一邊用它，又想著那些更好的志野陶，我會很痛苦。」

「所以妳只送人最好的……？」

「那也要看對象和場合。」

文子的話使菊治大爲震動。

文子是否企盼著，太田夫人的遺物能夠讓菊治思及夫人與文子；抑或是教他更欲親密撫觸的，才是最上乘之物？

文子一心一意期盼以最好的名品紀念母親，她這番說詞菊治也能理解。那正是文子最眞切的感情吧。水罐便是那感情的證明。

志野陶看似冰冷又溫暖的光澤表面，讓菊治不由想起了太田夫人。然而，在那思緒中並未伴隨著罪孽的陰影與醜陋，或許是因爲這只水罐是名品。

望著名品遺物，菊治愈發感到太田夫人是女人中至高的名品。名品沒有汙點。

午後雷雨那天，菊治在電話裡說，看著水罐就想見文子。這話在電話裡才說得出口。文子聽了便說，家中還有一件志野陶，遂將筒狀茶碗送來菊治家。

的確，這只筒狀茶碗或許不如水罐名貴。

「記得父親也有一個旅行用的茶具盒……」菊治驀然想起。「盒裡裝的肯定是比這件志野更爲粗劣的茶碗。」

「是什麼樣的茶碗？」

「這個嘛……我也沒見過。」

「好想看啊。肯定是令尊的茶碗比較好。」文子說：「要是這件志野比令尊的差，砸碎它也沒關係吧？」

「太危險了。」

飯後吃西瓜，文子靈巧地剔除西瓜籽，又催促著菊治讓她看茶碗。

菊治命女傭打開茶室，走下庭院。他打算去找茶具盒，但文子也跟來了。

「我也不知道放在哪裡。栗本比較清楚……」

菊治邊說著回過頭。文子就站在盛開的夾竹桃花蔭下，只從樹根處露出穿著襪子與木屐的腳。

茶具盒就在水房的橫架上。

菊治走進茶室，將茶具盒放在文子面前。文子以爲菊治會親自解開包裹，因此端正跪坐等候，過了一會才伸出手。

「那我就打開了。」

「積了這麼厚的灰塵。」

菊治拎著文子解開的包袱巾站起來，手伸向院子抖掉灰塵。

「水房的架子上還有隻死蟬，都生蟲了。」

「茶室倒是很乾淨。」

「對，前不久栗本才打掃過。就是她來通報妳和稻村雪子小姐都已結婚那天……當時入夜，可能不小心連蟬也關進了屋裡。」

文子從盒中取出看似茶碗的小包，深深地彎下腰來，解開茶具袋上的細繩，只見她的指尖微微顫抖。

文子渾圓的雙肩向前收起，在旁俯視的菊治，只覺她修長的脖頸更加惹眼。

一本正經抿緊的下脣微微前突，還有那素樸的耳垂，格外惹人憐愛。

「這是唐津陶器。」

文子說著仰望菊治。

菊治也在她身旁坐下。

文子將茶碗放在榻榻米上。

「眞是個好茶碗。」

同樣是可以充作茶杯使用的筒狀，是小型唐津陶。

「線條剛勁，凜凜生風，遠比那件志野氣派多了。」

「志野與唐津本就不能拿來比較吧……」

「可是，放在一起看就知道。」

菊治也被唐津的力道吸引，放在膝上把玩。

「那麼，也將那志野拿來看看。」

「我去拿。」

文子說著起身。

當志野與唐津這兩只茶碗並排擺放時，菊治與文子驀然四目相接。

隨即，兩人又同時垂落視線看著茶碗。

菊治慌張地說：

「這麼放著才發現，是男茶碗和女茶碗呢……」

文子似乎說不出話，只是默默頷首。

菊治也感到自己這番話帶有異樣的氣息。

唐津陶表面沒有彩繪，是素面的。帶點淺黃褐色的青色中，還摻點緋紅。腰部線條剛勁有力。

「連旅行都帶著，想必是令尊喜愛的茶碗。很有令尊的風格。」

文子絲毫未察覺危險似的吐出危險之語。

志野茶碗很有文子母親的風格，這話菊治說不出口。然而，兩只茶碗就像菊治父親與文子母親的心，並排於此。

三、四百年前的茶碗姿態是健康的，不會誘人作病態的妄想。但仍洋溢生命力，甚至帶著官能性。

菊治從這兩只茶碗看到自己的父親與文子的母親，就像一對美麗的靈魂並肩在眼前。

而且，茶碗是眞實的，自己與文子隔著茶碗相向而坐的現實也彷彿純眞無垢。

太田夫人頭七的翌日，菊治還對文子說，兩人面對面或許是件可怕的事。但如今就連那種罪惡的恐懼感，也被茶碗光潔的表面抹去了嗎？

「眞美啊。」菊治喃喃自語似的說：「父親自不量力地玩賞茶碗，說不定就是要麻痺那造下種種罪孽的心。」

「啊？」

「可是，看著這茶碗，怎麼都想不起前任主人的壞處。父親的壽命，短暫得只有這傳承數百年茶碗的幾分之一……」

「死亡就在我們的腳邊。眞可怕。明知死亡近在跟前，可我想我不能永遠沉溺於母親之死，所以也做了種種努力。」

「是啊。要是被死者牽絆，就會覺得自己也不在這人世間。」菊治說。

這時女傭送來水壺等茶具。

菊治兩人在茶室待上良久，女傭多半以爲他們要點茶。

菊治慫恿文子使用眼前這兩只唐津與志野茶碗，像旅行那樣點茶。

文子溫順地點點頭。

「在砸碎家母的志野陶之前，不如當作茶碗再用一次，以示惜別好嗎？」

她說著，從茶具盒取出茶刷，去水房清洗。

夏日的太陽仍未下山。

「就當作在旅行……」文子拿著小茶刷，邊在小茶碗裡攪動著邊說：「說到旅行，住哪家旅館呢？」

「不一定在旅館呀。也許是河岸，也許是山巔。就當作取溪水來點茶，但冷水應該更好……」

文子拿起茶刷時，抬起黑眼睛瞥了菊治一眼，隨即捧起唐津茶碗在掌上轉動，盯著茶碗。

然後，文子的視線隨同茶碗，一併移至菊治膝前。

菊治感到，文子彷彿也將隨之流過來。

接著，文子將母親的志野放到面前，茶刷硬邦邦撞擊杯緣，她停住手說：

「很困難。」

「茶碗小比較不好攪動吧。」

菊治說。文子的手在發抖。

而且一旦停手後，茶刷便無法再於小茶碗裡攪動開來。

文子凝視著僵硬的手腕，垂首不動。

「是家母不讓我點茶。」

「啊？」

菊治驀地起身，像要扶起遭受詛咒動彈不得之人般，抓住文子的肩。

文子沒有抗拒。

四

菊治睡不著，待遮雨板的縫隙透進微光，就起身去茶室。

洗手盆前的石頭上，依然散落著志野陶器的碎片。

將四塊大碎片在掌心合攏，就拼湊成茶碗的形狀，唯獨少了杯口那塊。缺口約拇指一般大。

他本想在石頭間找出那塊碎片，很快就作罷。

抬眼一看，東邊的樹林間，一顆大星星閃耀著光芒

菊治已經好幾年沒見過黎明的晨星。他這麼想著，站起來舉目望去，只見天際雲層籠罩。

在雲間閃爍的晨星，似乎顯得更大了。閃亮的邊緣猶如水浸淫一般。

面對清新的星光，菊治覺得在撿拾茶碗碎片的自己很不堪。

他索性將手中的碎片隨手扔下。

昨夜，文子不待菊治攔阻，就將茶碗摔向洗手盆。

文子神不知鬼不覺地離開茶室，菊治絲毫未察覺她拿著茶碗。

「啊！」菊治失聲驚呼。

然而，菊治顧不得在陰暗的石縫間尋找茶碗碎片，只能先扶住文子的肩膀。因爲文子蹲身於摔碎的茶碗前，身子朝洗手盆踉蹌跌去。

「還有更好的志野。」文子呢喃。

恐是深怕菊治拿它和更好的志野相比，會很傷感吧。

而後菊治輾轉反側之際，文子的那句話，愈發加深了那悲切的純潔餘韻。

等院子亮起天光，他走出去看摔碎的茶碗。

但他撿起碎片後，看著星星，又扔掉了碎片。

當他又抬眼，不禁驚呼一聲：

「啊！」

星星不見了。就在菊治看著扔掉的碎片那瞬間，黎明的晨星已藏進雲裡。

菊治像被奪去了什麼似的，凝望東方的天空良久。

雲層似乎不厚，卻看不出星星隱身何處。天空下方雲層橫斷，幾乎壓上了城市的屋頂，一抹淡紅漸深。

「也不能就扔著不管。」

菊治自言自語，又撿起志野碎片，揣進睡衣懷裡。

扔著不管太淒涼了。況且也擔心栗本千佳子來了起疑責問。

文子鑽牛角尖似的堅持摔碎那件志野，所以菊治本想不保存碎片，埋在洗手盆旁便罷。

但後來還是先以紙包起塞進壁櫥，然後鑽進了被窩裡。

文子到底擔心菊治會拿志野和什麼比較？

菊治也疑惑，她那份擔憂從何而來？

更何況，昨夜過後的今朝，也不可能還有什麼足以和文子比較。

文子對菊治而言，已是無庸比較的絕對存在。是注定的命運。

此前，菊治總是將文子視爲太田夫人的女兒，可如今似乎也忘卻了這點。

母親的身體微妙地轉移到女兒身上，那曾讓菊治遁入怪異的夢境，此刻卻已了無痕跡。

菊治終於走出長年籠罩於身，陰暗而醜陋的布幕之外。

是文子純潔的痛，拯救了菊治嗎？

當時文子毫不抗拒，唯純潔本身在抗拒。

那看似令人陷落於詛咒的束縛與麻痺深淵之事，卻讓菊治感到擺脫了束縛與麻痺。就像中毒後又服下大量的毒藥，反而得以解毒的奇蹟。

菊治上班後，便打電話到文子任職的店裡。文子曾說在神田的呢絨批發商上班。

但文子並未去店裡。菊治整夜沒睡就出門上班了。文子是否好歹在黎明時分陷入了沉睡呢？菊治尋思，或許她感到難爲情，今日待在家沒出門？

下午打電話，文子還是沒上班，菊治只好向店裡的人詢問文子的住址。

昨日信上，應該也寫了她的新家地址，但文子連同信封撕破了塞進口袋裡。晚膳時提及工作，菊治記住了呢絨批發商的店名，卻忘記問住址。因爲文子的住處彷彿已移至菊治的體內。

菊治下班後，找到文子聲稱分租房間的那戶人家。就在上野公園的後方。

文子不在。

似乎才放學回家還穿著水手服的十二、三歲少女來應門後，進了裡屋又出來說：

「太田小姐今早說要和朋友去旅行，不在家。」

「旅行？」菊治反問：「她出門旅行了？今早幾點走的？說要去哪裡了嗎？」

少女又鑽進裡屋，這次站在略遠處，似乎有點畏懼菊治般回答：

「不清楚，我媽不在家……」

少女的眉毛稀疏。

菊治走出門口，又轉身張望，但無法分辨文子住在哪一間房。這戶人家有個小庭院，是不算大的雙層樓房。

想起文子說的那句死亡就在腳邊，菊治的雙腳不由發麻。

他掏出手帕擦臉，愈擦似乎臉色愈蒼白，但他還是一個勁地搓揉臉頰。手帕都變得發黑潮溼了。他察覺背脊上冒出一身冷汗。

「她不會尋死的。」菊治對自己說。

讓菊治感覺油然從死境重生的文子，不會尋死。

然而，昨日的文子不正是展現出面對死亡的率直嗎？

或者那份率直只是擔心自己和母親一樣，淪爲罪孽深重的女人？

「就讓栗本一個人活下去……」

菊治像是咒罵著假想敵般，急急走進公園的樹蔭深處。

波千鳥

波千鳥

一

來熱海車站接送的車子駛過伊豆山，朝海邊畫出圓弧般向下駛去。車子進入旅館庭院。從傾斜的車窗只見玄關的燈光逐漸接近。

在門口等候的旅館領班打開車門說：

「是三谷女士吧。」

「是。」

雪子輕聲回答。車子在門口停下後，雪子的座位較靠近玄關。今天剛舉行婚禮，她是初次被以三谷這個姓氏稱呼。

雪子有點遲疑，還是先下了車。然後像要回顧車內般轉身等候菊治。

菊治脫鞋時，領班說：

「爲兩位安排了茶室。是栗本師傅打電話來吩咐的。」

「啊?」

菊治突然在低矮的玄關坐下。女服務生慌忙拿來坐墊。

千佳子那塊從心窩延伸至乳房的胎記,猶如惡魔的手印,浮現菊治眼前。若抬起那正低垂著解鞋帶的腦袋,彷彿能看見那隻黑手。

菊治去年賣了房子,也將茶具轉讓他人,從此再沒見過栗本千佳子。照理說關係已疏遠,可他與雪子的婚事,千佳子還是在暗中操控嗎?他做夢也沒想到,千佳子會對菊治夫婦蜜月旅行的旅館房間出言干涉。

菊治望向雪子,雪子似乎壓根沒注意領班說的話。

兩人沿著漫長的迴廊,從玄關被帶往靠海的方向。不知究竟要通往何處,這條看似狹仄隧道的細長水泥走道,有幾處臺階,途中兩側似乎也有偏屋般的包廂。走到盡頭就是茶室的後門。

走進八疊大的房間,菊治正要脫下外套,雪子已繞到他身後準備接下外套。

「啊。」

菊治低呼一聲轉過頭。這是她第一次表現得像個妻子。

桌腳處，可以看見有地爐的榻榻米。

「那邊三疊茶室的正席已燒了水……」放下兩人的行李後，領班說：「但並非好的茶具。」

菊治驚訝問道：

「那邊也有茶席嗎？」

「是的，算上這間大包廂，共有四席。搬遷過來時仍保持在橫濱三溪園時的格局。」

「哦？」

但菊治還是摸不著頭緒。

「夫人，就是那邊的茶席，有空時歡迎過去……」領班對雪子說。

雪子摺起自己的大衣。

「我待會去看。」她說著站起來。「海好美。還有汽船亮著燈。」

「那是美國的軍艦。」

「美國的軍艦可以進來熱海？」菊治說著也起身走過去。「是小型軍艦。」

「多達五艘呢。」

軍艦中央那一帶閃耀紅燈。

熱海市區的燈火被小小的海岬遮住。只能看見錦浦一帶。
領班和倒煎茶的女服務生打過招呼後便一齊退下。
兩人自然地望向夜間的海面。回到火盆旁。
「眞可憐。」
雪子說著，拉過手提包，取出一朵玫瑰，攤開被壓扁的花瓣。
從東京車站出發時，雪子覺得抱著整束花上車難爲情，便交給送行的人，最後收到回贈的一朵。
雪子將那枝玫瑰放在桌上。然後，看著桌上的貴重物品保管袋說：
「怎麼辦？」
「貴重物品嗎……？」
見菊治拿起玫瑰。
「你說玫瑰？」雪子看著菊治問。
「不，我的貴重物品太大了，裝不進袋子，也不能託人保管。」
「爲什麼……？」雪子話音剛落，似乎立刻醒悟，也說：「我的也不能交給旅館保管。」

「在哪裡？」

雪子不好意思指著菊治，只說：

「這裡……」

她垂眼看著自己胸口，再也不肯抬眼。

那頭的茶室傳來滾水沸騰聲。

「妳要去茶室？」

雪子頷首。

「但我不想過去。」

「難得都準備了……」

從茶道口走進去，雪子按照規矩先觀賞壁龕。菊治卻杵在茶道口前的榻榻米不肯進去，厭惡地說：

「再怎麼難得，這裡的擺設也是按栗本指使的吧？」

雪子轉身，來到爐前坐下。她坐在點茶的座位面對爐火，動也不動。似乎在等待菊治開口。

菊治也屈膝在爐邊坐下。

「我實在不想談這些，但在旅館門口聽聞栗本的事，我很驚訝。因爲那女人和我的罪孽與悔恨至今仍糾纏不清……」

雪子似乎微微點頭。

「栗本還經常去妳家嗎？」

「她去年夏天惹我父親生氣後，已經很久沒來了……」

「去年夏天……？那時栗本告訴我，妳和別人結婚了。」

「咦。」

雪子想起什麼似的接著說：

「一定就是那時候。當時栗本師傅又介紹了別的親事……父親很生氣，說只希望一個媒人介紹一樁婚事。一個不行再換一個的作法，自家女兒無法接受，還叫師傅別耍弄人。事後我很感激父親。如今能嫁給三谷先生，也是當時父親那番話給了我力量。」

菊治沉默。

「栗本師傅也不甘示弱，說三谷先生鬼迷心竅，又提起太田夫人的事。眞討厭。我想到都還會渾身哆嗦抖個不停。明明這麼討厭，爲何會不停發抖呢？事後想來，我發現那是因爲我還是想嫁給你。可那時候，在父親和師傅的面前不住顫抖，眞的很難堪。父親也許看我臉色不對，便說：『就像冰水或熱水好喝，溫水與冷掉的開水難喝，女兒經妳介紹見了三谷先生後，想必自有判斷。』就這樣趕走了師傅。」

負責燒洗澡水的人似乎來了，浴池傳來放水聲。

「雖然當時很痛苦，但那是我自己做的決定。因此我不會將師傅的事放在心上。就算在這裡點茶，內心也覺得很平靜。」

雪子說著抬起頭。她的眼眸裡映現小電燈，羞赧的臉頰與嘴脣也反射光暈，菊治看著這張光彩照人的臉龐，感到可貴的親愛之情。那就像碰觸美麗的火焰，渾身暖到骨子裡的奇妙感受。

「當時妳繫著鳶尾花腰帶，應該是去年五月，妳來了我家的茶室吧。那時我以爲，妳永遠是另一個世界的人。」

「因爲你那時端著架子，看起來很痛苦。」

雪子說著，露出微笑。

「你還記得我的鳶尾花腰帶？那條腰帶也放進行李了，會送去家裡。」

雪子雖然對自己和菊治都用了痛苦這個字眼，但雪子當初痛苦的時候，菊治正急著四處尋找文子的下落。後來意外收到文子從九州竹田町寄來的長信，於是菊治也去了竹田。然而一年半後的現在，文子依然下落不明。

那些娓娓勸說菊治忘記文子母女，早日和稻村雪子成親的來信，成了文子對菊治的訣別。雪子與文子彷彿交換身分，反而是文子永遠成爲另一個世界的人。

至今菊治仍認爲，這世上恐怕沒有永遠的另一個世界的人，不該隨意使用這種字眼。

二

回到八疊房間，桌上放著相簿。菊治翻開一看，「原來是茶室的照片。我還以爲是來蜜月旅行的新人們的照片，嚇了一跳呢。」

他說著轉向雪子。

一翻開相簿，上頭貼著茶室的由來。據說這間寒月庵，昔日乃江戶十大富豪之一河村迂叟的茶室，後來遷至橫濱三溪園，經歷空襲，屋頂遭鑿穿，牆壁坍塌，建材噴飛，地板崩裂，以可悲的姿態漸呈傾頹荒蕪之姿，近來才移至此旅館的庭院。因是溫泉旅館，設有溫泉浴池，其餘一律沿襲原先的格局設計，似乎也只使用老舊木材。二戰剛結束時燃料不足，或許是鄰近人們取用荒廢的茶室木材當柴火燒，梁柱上迄今仍留有刀斧痕跡。

「據說大石內藏助[1]也曾來此茶庵一遊……？」雪子邊看介紹邊說。

迂叟昔日經常出入赤穗藩。此外，迂叟擁有的蕎麥茶碗[2]，也以河村蕎麥之名傳承至今。因其薄青釉與薄黃藥各半的模樣，得名曉空殘月。

也有幾張三溪園遭轟炸後的茶室照片，之後，依序是搬遷工程之初乃至落成慶祝的茶會照片。

倘若大石良雄真的來過，這座寒月庵想必在元祿時代便已建成。

菊治環視屋內，這裡用的幾乎都是新木材。

「剛才茶席的壁龕柱子好像是舊的。」

兩人待在三疊茶室時，女傭過來關上遮雨板。看來是那時留下了茶室相簿吧。

雪子邊翻閱相簿邊說：

「你不換衣服嗎？」

「妳呢？」

「我穿和服，這樣就好。你去泡澡的時候，我整理一下人家送來的點心賀禮。」

1／ 大石內藏助（一六五九～一七〇三），本名大石良雄，江戶前期的武士，因赤穗事件揚名。

2／ 一種朝鮮茶碗，顏色近似蕎麥而得名。

浴室散發新木頭的香氣。從浴池到沖洗場、牆壁、天花板木板的色澤柔和，有著漂亮的木紋。

聽得見女傭沿著漫長走道下來時的交談聲。

菊治洗完澡回房，雪子不見蹤影。

八疊和室鋪好床，桌子也移到了牆邊。可能是女傭鋪床時，雪子迴避到剛才的三疊房間了吧。

「爐火就這樣可以嗎？」她在那頭說。

「可以。」

菊治回答。雪子立刻走來，像是沒別處可看似的盯著菊治。

「洗完澡輕鬆多了？」

「這樣嗎……？」

菊治望著身穿旅館浴衣外罩短褂的自己。

「妳也去洗吧。泡澡很舒服。」

「好。」

雪子走進右邊的三疊房間，似乎從旅行袋取出什麼。接著她拉開八疊房間的紙門，坐下後將化妝包放在身後的走廊，很自然地雙手撐地，羞紅雙頰，輕輕低頭行禮。隨後拔下戒指放在梳妝檯上就出去了。

她的行禮出乎意料，菊治差點驚呼，只覺雪子楚楚可憐。

菊治起身，看著雪子的戒指。他沒碰婚戒，拿著另一只鑲嵌墨西哥蛋白石的戒指回到火盆旁。對著燈光舉高一看，寶石內或紅或黃或綠的微小火焰流光閃爍，明滅不定。透明寶石內閃爍搖曳的火焰，吸引了菊治。

雪子泡澡出來，又走進右邊的三疊房間。

八疊房間的左邊，隔著狹窄的走廊，有三疊與四疊半茶席各一席，右邊也有三疊。女傭將兩人的旅行袋，放置在右邊的三疊房間裡。

雪子似乎在那裡摺疊了一會衣服。

「稍微打開一下好嗎？我會怕。」她說著起身走來，將菊治待的八疊房間的拉門與三疊房間的拉門，分別拉開三十公分寬。

菊治也察覺，此刻只有兩人待在這遠離主屋八、九公尺的偏屋。雪子望著燈火通明的彼方說：

「那邊也是茶室？」

「嗯。那應該是圓爐吧，圓型的鐵爐鑲嵌在木板中……」

伴隨著回答聲，從拉門邊看去，只見雪子摺疊的襯裙下襬移動。

「那是千鳥花紋……」

「是啊，千鳥是冬季候鳥，所以染了這個花紋。」

「是波千鳥吧。」

「波千鳥……波間的千鳥。」

「叫做夕波千鳥吧。有首和歌這麼寫，夕波千鳥啼[3]……」

「夕波千鳥……？可是，既是波浪與千鳥的花紋，應該叫做波千鳥吧？」

雪子緩緩說著，千鳥花紋的衣襬倏然被摺起消失。

三

應該是駛過旅館上方的火車聲，倏然驚醒了菊治。

3／《萬葉集》第一歌人柿本人麿的作品。

和入夜時的車輪轟鳴聲相比，此刻聲音更近，汽笛聲也更顯高亢，所以他知道現在還是深夜。

明明是不致擾人清夢的聲音卻將自己驚醒，更不可思議的毋寧是自己睡著了。

他居然比雪子更快陷入熟睡。

不過，聽著雪子沉靜的呼吸聲，心情多了幾分安逸。

雪子也因婚禮前後的疲憊睡著了吧。隨著婚禮逼近，猶豫和悔恨令菊治夜不成寐。雪子想必也有難以成眠的心事。

雪子就睡在身邊，這似乎是不可能的事。但此刻，雪子向來的氣味就在這裡。

雪子不知用什麼香水，這香氣，乃至她睡著時的呼吸聲，她的戒指，以及波間千鳥的圖樣，一切似乎都屬菊治所有。那份親密，也仍未因深夜不安醒來而消失。這是他從未經歷過的感情。

然而，菊治沒勇氣開燈看雪子。他拿起枕邊的手錶去廁所。

「才過五點嗎。」

菊治想必也感到，面對太田夫人與女兒文子時如此自然且毫無抗拒的事，不知爲何面對雪子就成了可怕的異常之舉。是良心的抗拒？面對雪子時的自慚形穢？抑或是太田夫人與文子困住了菊治？

按栗本的說法，太田夫人是魔性之女。但今晚的房間似是由千佳子所安排，這同樣讓菊治感到毛骨悚然，渾身不自在。

就連雪子穿上不習慣的和服來度蜜月，他都懷疑是千佳子的指使。

「爲什麼出來旅行不穿洋裝？」

菊治在睡前還曾不動聲色地探問。

「只有今天而已。聽說穿西式套裝少了些情趣，況且我們初見面時兩次都是在茶室，我也是穿和服。」

菊治沒問是「聽誰說」。他念頭一轉，猜想千鳥花紋多半也是雪子爲蜜月旅行特地叫人染的。

「剛才提到的那首夕波千鳥的和歌，我很喜歡。」

他轉移話題。

「是什麼樣的和歌……？」

菊治快速地喃喃念誦柿本人麿作的整首和歌。

他溫柔地伸手碰觸新娘子的背，不自禁說著：

「啊，眞是感恩。」

這舉動讓雪子一驚，但菊治只能盡量溫柔。

清晨五點便驚醒，菊治在不安與焦慮中，還是對雪子心生強烈的感激。單憑雪子沉靜的呼吸聲與若有似無的香氣，他就感到甜美溫馨的赦免。那或許是自以爲是的陶醉，卻也是唯有女人能原諒極惡罪人的恩賜。或許只是一時的感傷或麻痺，卻是異性的救贖。

縱使明天就與雪子分手，菊治心想，自己也會一輩子感激她。

不安與焦慮逐漸緩和後，菊治又感到寂寞。雪子或許因不安與決心而膽怯，可菊治也難以搖醒她後再次擁抱她。

不時聽見浪濤聲，菊治雖想著天亮前沒法再睡了，卻仍昏睡過去，醒來時，紙門上是一片明亮的陽光。不見雪子的蹤影。

難道她逃回家了？菊治猛然一驚。時間已過了九點。

拉開紙門一看，雪子在草地上。她抱著膝頭，正在看海。

「我睡過頭了。妳幾時起來的？」

「七點左右。旅館領班來放洗澡水，似是那時就醒了。」

雪子轉過頭，羞紅了臉。今天早上她已換上套裝。胸前插著昨夜的紅玫瑰。菊治鬆了一口氣。

「那朵玫瑰，居然還沒枯萎。」

「昨晚去泡澡時，我將花插在洗臉檯上的杯子裡。你沒注意到？」

「沒有。」菊治回答，又問：「妳泡過澡了？」

「嗯。先起來卻也無事可做，沒辦法，只好悄悄打開遮雨板，出來一看，正好看到美國軍艦離去。聽說他們都是傍晚進港來玩，一早回去。」

「軍艦來玩？眞奇怪。」

「是整理庭院的人告訴我的。」

菊治打電話通知櫃檯他已起床。泡完澡出來，又去了草地。天氣暖和得不像十二月半。兩人吃過早飯後，坐在陽光充足的走廊上。

海面閃爍銀光，望久了才發現，閃光處會隨時間移動。從伊豆山往熱海的方向，小海岬般的岩石向外突出重疊。湧向那岩石腳下的海浪，也隨之變換發光的位置。

「像星星出現一樣發亮呢。就在緊靠下方的海面，在那裡。」

雪子說著手指向大海，「很像星彩藍寶石的星芒……」

眼下的海面，彷彿星光閃爍，光點聚集一片。粼粼波光此起彼落點點浮現。因爲靠得近，只見點點波光各自分明，但遠處整片海水如鏡面反射，或許同樣是星光聚集。定睛細看，遠處似也躍動著成群光點。

茶室前的草地狹仄，再下一層，可以看見草皮邊上染上橙黃的夏蜜柑樹枝。坡度徐緩的土地直至海邊，海邊成排松樹林立。

「昨晚我仔細看了妳戒指上的寶石，很美……」

「這是火蛋白石，粼粼波光很像藍寶石和紅寶石的星芒。但最像的還是鑽石光芒。」

雪子看了一會手上的戒指，又眺望海面波光。

眼前景致很適合談論寶石，或許也是兩人的美好時光，但菊治無法感到幸福。

就算賣了父親的房子，帶雪子回陋室蝸居，但菊治感到自己仍未踏入已婚狀態，無法就此談論今後要建立的新家庭。此外，若要談論彼此的回憶，菊治也難以避開太田夫人、文子或栗本。兩人不論要談論未來或過去，似乎都將闖進死胡同，菊治光連談及此時此地的話題心裡都堵得慌。

不知雪子是怎麼想的。她那陽光照耀的臉龐上毫無芥蒂，是因爲體恤菊治嗎？說不定，她感到初夜時菊治也體恤著她。

菊治心緒不定。想要活動一下。

預計在這家旅館住上兩晚，因此兩人去熱海飯店吃午餐。餐廳窗邊可見殘破的芭蕉葉，遠處有一叢蘇鐵。

「小時候，父親曾帶我來這裡過新年，那叢蘇鐵和當時一模一樣。」

雪子說著，環視面向大海的庭院。

「我爸應該也常過來。當年我要是也跟來了，說不定就會見到小時候的妳。」

「那多討厭啊，我才不要。」

「要是小時候就見過，豈不是很有趣？」

「要是小時候就見過，也許就不會結婚了。」

「爲什麼？」

「因爲我小時候很機靈。」

菊治笑了。

「父親也經常這麼說。他說我小時候很機靈，愈大就愈笨。」

儘管雪子就三言兩語，但菊治能夠想像，雪子的父親對於四個孩子中的雪子，曾經是如何疼愛且抱以期望。至今仍可從雪子身上，看出那雙閃耀著光芒的伶俐眼神下年幼女孩的影子。

四

從熱海飯店回來，雪子撥了通電話給母親。卻聊不上幾句話。

「母親有點擔心，你要不要同她說說話？」

「不了，替我向她問好。」菊治情急之下拒絕了。

「是嗎？」雪子轉頭看菊治。

「母親也要我代她問候你。她叫你保重……」

雪子是在房間裡打電話，所以菊治從一開始就知道，雪子並不打算暗自向母親訴苦。

但或許是女人的直覺，才令雪子的母親感到擔憂？蜜月旅行隔天，新娘子不該打電話回娘家嗎？那足以讓新娘子的母親驚訝嗎？菊治無從得知。但對方或許認爲，要是被熱情的丈夫纏得難爲情，根本不會打這通電話。

過了午後四點，又有三艘小型的美國軍艦進港。網代附近的遙遠天空飄著稀薄的雲，氤氳模糊，緩緩浮移在春日暮色般水溶溶的海面。就算船上載運著對情欲的飢渴，遠眺也似和平的模型船。

「果然又有軍艦來玩。」

「今早起床時，昨晚的軍艦正好要離去。」雪子說：「我無事可做，就目送軍艦遠去。」

「我起床前，妳等了兩小時？」

「好像等了更久。待在這裡覺得很不可思議，也很新鮮。我想等你起來，向你說很多話……」

「什麼話？」

「漫無邊際的閒話……」

天色尚未暗去，進港的軍艦就已亮起燈。

「好比我爲何會結婚？聽聽你怎麼想，想必很有意思。也想和你聊那樣的事。」

「嗯，但這不是我怎麼想的問題吧。」

「話是沒錯，但若能探究這個人爲什麼會嫁給自己，應該很有意思。我就覺得很有意思。爲什麼你之前會覺得我永遠是另一個世界的人呢……？」

「去年妳來我家的茶室時，也用了和現在一樣的香水吧？」

「是啊。」

「那天，我也以爲妳永遠是另一個世界的人。」

「天啊！因爲你討厭這款香水？」

「不是。隔天我想著，妳的香味應該留在茶室裡，還去了茶室……」

雪子露出驚訝的神色，看著菊治。

「換個說法便是，我以爲妳與我永遠無緣，非得放棄妳不可。」

「你這麼說眞教人傷心。畢竟是爲了別人……這我理解，但我現在只想聽你說與我有關的事。」

「那是憧憬。」

「憧憬……？」

「應該是吧。我對妳，絕望和憧憬都有。」

「你說憧憬，我很驚訝。但我本來也想放棄了，所以或許我對你也有過憧憬。只是從未想到憧憬或絕望這種字眼。」

「因爲憧憬是屬於罪人的字眼……」

「你又提起別人的事了。」

「不，不是。」

「不要緊。反正我也想過，就算你是有婦之夫，我可能還是會喜歡上你。」雪子說著兩眼發亮。「但憧憬太可怕了。請你別說了。」

「也好。昨夜妳身上散發的香氣，彷彿也變得屬於我了，眞不可思議……」

「……」

「可是，憧憬不會消失。」

「你很快會失望的。」

「我絕對不會失望。」

菊治斬釘截鐵地說。因爲他深深感激雪子。

雪子似是驀然因他的氣勢一怔，隨即堅定地說：

「我也絕對不會失望。我發誓。」

然而五、六個小時後，或許雪子的失望就會襲來？縱使雪子不懂得那失望，或只停留在懷疑，菊治仍會陷入冷寂的失望吧。

不僅僅是出於害怕那失望，菊治聊得比昨夜更晚。雪子的態度也比昨夜更親密，聊到興起時還以輕鬆的手勢替他倒茶。

菊治去浴室刮鬍子，正在抹刮鬍膏，雪子也湊到鏡臺旁，伸出手指沾了點菊治的刮鬍膏後說：

「我父親的每次都是我替他買的……」

「那我也用同樣的吧？」

「不同的比較好。」

她今晚將睡衣放在膝上，依舊規矩行禮後才去洗澡。

「晚安。」

她說著，又輕輕雙手撐地，一手壓著下襬，靈巧地鑽進自己的被窩。她那少女特有的清純舉動，令菊治怦然心動。

然而，菊治在黑暗中，閉上顫動的眼皮，試圖回想那時文子的毫無抗拒，唯有純潔本身抗拒。那是菊治卑劣而齷齪的徒勞掙扎，讓蹂躪文子純潔的幻想成爲助力，好羞辱雪子的純潔。那是可怕的毒藥。但哪怕是菊治的困獸之鬥，雪子的清純舉止，誘發了他對文子的回憶仍是不爭的事實。

此外，對文子的回憶，也讓菊治無法抑制地想起太田夫人的女性情潮。不知眞是魔性的咒縛，抑或人類的本性使然，不管怎樣，如今夫人已逝，文子失蹤，且兩人對菊治只有愛沒有恨，如此說來，讓菊治窩囊畏懼的究竟是什麼呢？

菊治雖因麻痺於太田夫人的女性浪潮而深感不甘，但更害怕如今反倒麻痺於自己內心的什麼。

驀然響起雪子頭髮摩擦枕頭的聲音。她說：

「向我說說話。」

菊治愣了一下。

是罪人之手悄悄擁抱了聖潔處女嗎，菊治不意間熱淚盈眶。

雪子軟軟地將臉湊到菊治的胸前，片刻後啜泣出聲。

菊治顫聲低問：

「妳哭什麼……很傷心？」

「不是。」

雪子搖頭。

「我本來就很喜歡你，但從昨天起，變得更喜歡了，所以我才哭。」

菊治伸手扶著雪子的下巴親吻她。已無需掩飾自己的眼淚了。對太田夫人和文子的幻想霎時消滅。

和純潔的新娘子共度幾天清淨的日子，有何不可？

五

第三天也是待在溫暖的海邊，雪子先起來梳妝打扮。

今早，雪子聽女傭說，這家旅館昨晚來了六對蜜月旅行的新人，但茶室僻靜靠海，聽不到那麼大的動靜。拉小提琴走唱的歌聲，也不會傳來這裡。

可能受日光強度影響，直至午後都不見海面上的星光，但昨日閃爍著星光的海面，七艘漁船正巍巍出航。領頭的船率領六艘船轟隆隆冒著蒸氣，那六艘船從大到小井然有序排成一列。

「眞像一家子。」菊治說著泛起微笑。

旅館贈送了夫妻對筷。以綴有紙鶴圖樣的桃紅色和紙包裹著。

菊治忽然想起，問雪子：

「那條千羽鶴包袱巾，妳帶來了嗎？」

「沒有。全身上下的行頭都是重新置辦的。有點難爲情呢。」

雪子那勾勒出漂亮線條到眼尾的雙眼皮，染上了紅潮。

「髮型也不一樣吧。不過，收到的賀禮中也有帶著白鶴圖樣的。」

他們在三點前搭車前往川奈。

許多漁船停泊在網代港，也有漆成白色的船。

雪子朝熱海的方向轉頭。

「海的顏色變得像粉紅珍珠一樣呢。顏色好像。」

「粉紅珍珠？」

「對啊，耳環和項鍊的那種粉紅色。拿出來給你看看？」

「到了飯店再看。」

熱海的山脈褶皺形成深邃的暗影。

路上看見一個男人讓妻子坐在載運木柴的推車上，自己在前頭拉著跑。雪子說：

「想過那樣的生活。」

難道此刻雪子已有了與他做貧賤夫妻的想法嗎？菊治感到有點不自在。

一路上可見小鳥成群飛過海岸成排的松林間，速度幾乎要追上汽車，但汽車還是稍快一些。

雪子發現，今晨從伊豆山的旅館下方出航的七艘拖曳船，來到了這種地方。還是一樣由大至小列隊成行，猶如拘謹的一家人，在海岸附近拖曳前進。

「像是來見我們的呢。」

雪子看到這樣的船也感到親切，她此刻的歡喜，讓菊治心頭一暖。這是他畢生的幸福時日吧。

去年夏秋之間，菊治忙著四處尋找文子，幾乎分不清是疲憊還是著了魔之際，雪子意外隻身來訪。菊治就像黑暗中的生物忽地看見陽光，覺得刺眼、疑惑，也小心翼翼。往後雪子便常來了。

不久，菊治收到雪子父親的信。信上說，菊治似乎在和他女兒交往，不知是否打算結婚？畢竟曾透過栗本千佳子談及婚嫁，而且夫妻倆都希望女兒第一次心動能夠修成正果。那或許是身爲家長擔心兩人交往，也可視爲在警告菊治。但總之父親代爲轉達了女兒的心意。

之後到今天正好一年。菊治在等待文子和想娶雪子的意念間進退維谷。然而，每當他想起太田夫人、尋找文子，因懊悔而沮喪時，就會在清晨或傍晚的天空幻想千隻白鶴飛舞的情景。那是雪子。

爲了看拖曳船，雪子挨向菊治身邊，但仍留在原本的座位上。

到了川奈飯店，他們被帶往三樓的邊間。兩邊沒牆壁，是視野開闊的玻璃窗。

「海是圓的。」雪子愉快地說。

水平線劃出徐緩的圓弧。

草地上的游泳池那頭，只見五、六名身穿淺藍制服的女桿弟，肩上扛著高球袋走上來。

西邊的窗外是整片富士高球場。

雪子想去遼闊的草地。

「好強的風。」菊治說著，轉身背對西風。

「風大一點也沒什麼。走吧。」

雪子使勁拽著菊治的手。

回到房間，菊治去浴室。雪子趁機梳整頭髮，換上襯衫，準備去餐廳。

「戴這個去好嗎？」

她說著，拿珍珠項鍊與耳環給菊治看。

晚餐後，他們在日光溫室待了一會。那是朝庭院突出的橢圓形大房間，由於非假日，只有菊治夫妻倆。四面圍繞窗簾，兩盆茶花盆栽在橢圓形房間的前端綻放。

之後兩人來到大廳，在壁爐前的長椅坐下。壁爐裡燒著大塊薪柴。壁爐上方，同樣有兩盆盛開大朵君子蘭的盆栽。長椅後方的大花瓶裡插著早開的紅梅，分外雅致。挑高天花板上的英國式拼花木板，顯得安逸沉靜。

菊治倚靠在皮椅上，盯著壁爐的火焰許久。雪子動也不動，臉頰烘得發熱。

回到房間，厚重的窗簾垂落。

房間雖大，卻沒有隔間，雪子只好去浴室更衣。

菊治穿著飯店供應的浴衣坐在椅子上。雪子換上睡衣，不知何故來到他面前。

略微暗沉的朱紅底色散落白色小花紋，這種可做洋裝的嶄新花色布料，做成了元祿袖[4]，看似形式自由的和服，更顯清新可人。搭配的是綠色緞面的軟質窄腰帶。猶如西洋風格的娃娃。從紅絹裡布隱約可見純白浴衣。

「眞可愛的和服。妳自己設計的？是元祿袖？」

「和元祿袖略有不同。我隨便做的。」

雪子走去梳妝檯。

房裡只留梳妝檯的燈，兩人在昏暗中睡去。

菊治驀然醒來，聽得咚一聲巨響。風在呼嘯。院子邊緣是斷崖，他想那或許是高高湧起的浪頭撞擊崖壁的聲響。

他朝雪子看去，她不在床上，站在窗邊。

4／ 元祿時代的圓角寬袖，多用於女裝家居服及童裝。

「怎麼了？」菊治也下了床走過去。

「我聽見咚的巨響，那聲響好恐怖。海上冒出桃紅色火焰。你瞧……」

「是燈塔吧。」

「我驚醒後嚇得睡不著，剛才起來就一直看著。」

「只是浪濤聲。」菊治將手搭在雪子肩上。「妳應該叫我起來。」

雪子似乎深深著迷於眼前的大海。

「你瞧，是桃紅色光芒吧？」

「那是燈塔。」

「確實有燈塔，但那比燈塔的光更大，而且還砰的一聲。」

「是浪濤聲吧。」

「不是。」

像是海浪撞擊斷崖的聲響，但海面在殘月清冷的光芒下，底層黝黑沉靜。

菊治也看了半晌，燈塔的閃爍與桃紅色閃光不同。桃紅色閃光的間隔很長且不規則。

「是大砲。還以爲發生海戰。」

「哦，看來是美國軍艦在演習。」

「是嗎？」雪子被說服了。「怪可怕的，嚇死人了。」

雪子終於垂下肩膀。菊治摟住她。

下弦月照耀的海上，風呼嘯著，遠方桃紅色火光之後的巨響，也令菊治悚然。

「這種深夜，不能獨自眺望。」

菊治繃緊手臂，一把將她抱起。雪子羞怯地摟住菊治的脖子。

菊治驀然感到一陣悲傷貫穿心頭，斷斷續續說：

「我啊，並非不舉。我不是不舉。但是，我所背負的汙點與悖德的記憶，那玩意始終不肯放過我。」

雪子如暈厥般重重倒進菊治的懷中。

旅途的別離

一

菊治度完蜜月歸來，要燒燬去年文子的來信前，又重新讀過。

寫於往來別府的小金丸號，十月十九日……

您在找我吧。就此消失，請您見諒。

我已決心再也不見您，或許連這封信也不該寄。就算要寄，也不知會是幾時。我要去父親的家鄉竹田町，但等您收到了這封信，其時我已不在竹田。

家父不滿二十就離鄉，我對竹田一無所悉。

岩山四面繞，中有竹田町，並有秋川音潺潺

竹田自成鎮，且不似城廓，出入皆經山洞門
竹田町洞門，内外皆芒草，放眼一片白茫茫

我只是憑藉這首與謝野寬及晶子[5]的《久住山之歌》及父親的描述，揣想我將回歸從未見過的父親家鄉。

久住町的人，父親似乎從小就認識，那人的和歌寫道：

故鄉青山繞，脈脈含溫情，盡在潺潺水聲乎
無垠長空中，綿延山野色，亦自幼染上我身
煩惱豈獨我一人，青山亦同罩暗雲
逆心不覺已消失，但祈平安為斯人

這首和歌吸引了我去父親的故鄉。

5／ 與謝野寬（一八七三～一九三五）及妻與謝野晶子（一八七八～一九四二）皆爲活躍於明治後半至昭和時期的詩人、歌人。

恰似親近大師，為久住山吸引之心
常知匱乏之身，亦有心問道於青山
猶如不知去向者，久住山雲鎖霧罩

與謝野寬的和歌也吸引我去久住山（也寫成九重山）。和歌中雖提及「逆心」，但我對您沒有逆反之心。若眞有逆反之心，也是對我自己，以及對我的命運。就連那命運，與其稱逆反之心，實則更加感傷。

況且轉眼已過三個月，我只祈求您的平安。我不該寫這種信給您。雖是寫給您，其實是寫給我自己。或許才停筆，我就會扔進海中。抑或，這封信根本寫不完。

服務生四處走動著拉起大廳的窗簾。裡頭除了我，只有兩對年輕的外國夫妻坐在對面角落。

我獨自旅行，所以搭頭等艙。我不想和太多人擠在一起。頭等艙是雙人房，同住的是別府觀海寺一位溫泉旅館的老闆娘。據說剛去大阪照顧女兒生產歸來。

——在大阪睡不好，回程想好好休息，才選擇坐船。

她如此表示，從餐廳一回來就鑽進被窩。

我們搭乘的小金丸號自神戶港出發時，一艘名爲「蘇伊士之星」的伊朗汽船進來了。這艘船的形狀奇特。

——似乎是客貨兩用船吧。

老闆娘如此告訴我。我暗忖，連伊朗的船都大老遠跑來了嗎？

隨著船出航，神戶市區及後方的山脈看似逐漸沉入暮色。這是晝短夜長的秋日。入夜後，海上保安官廣播提醒乘客注意安全，並說船上賭博絕不可能贏，受害者也要接受懲罰……

——今天聚賭的可能性非常大。

看來有職業賭徒混進了三等艙。

溫泉旅館的老闆娘睡著了，於是我走去大廳。兩對外國夫妻中，其中一人是日本女人，看起來也結婚了。外國人似乎不是美國人，而是歐洲人。

我忽然想，索性和外國人結婚，從此遠赴異國吧。

——妳在想什麼啊？

我驚愕地對自己說。就算是因爲搭船，結婚這念頭委實出乎意料。

那女人看似出身良好，努力模仿外國人的表情和動作。就算氣質不錯，在我看來還是過於造作。她時時刻刻以嫁給外國人為傲，或許在舉措間也秉持這般信念。

然而，連我自己也不明白，這三個月來究竟因什麼而動心。在那茶室前的洗手盆摔破志野茶碗之事，教我羞愧得恨不得消失。

當時我說，還有更好的志野。那時我是真的這麼想。

我將志野水罐送給您紀念母親，您欣然收下，於是我一時糊塗又想將筒狀茶碗也送給您。但隨後想起還有更好的志野，我便坐立難安。

當時您說，倘若照我的說法，只能送人最好的東西。而那時我深信，這個「人」僅限於菊治少爺。因為我一心只想相信母親是美麗的。

只是在相信母親是美麗的之外，死去的母親和被留下來的我，當時都已無藥可救。在那神經緊繃猶如著了魔的心態下，將不那麼好的筒狀茶碗當作母親的遺物送給您，讓我深感懊悔。

三個月後的現在，我的心情也不同了。雖不知是美夢破碎，抑或自噩夢清醒，總之摔碎那件志野時，我們母女好似也一道與您訣別了。摔碎志野之事實是丟人，但那樣做或許是對的。

——茶碗邊緣沾了母親的口紅……

當時我說出那番話，似乎是基於某種瘋狂的執念。

關於此事，我有段驚悚的回憶。當時父親還在世，栗本師傅來我家，取出好像叫什麼長次郎[6]（我不太確定）的黑樂茶碗。

——哎呀，發霉得好嚴重……沒保養好呢。用過就直接收起來了嗎？師傅當時蹙眉說。

茶碗整面出現了顏色如鳶尾花腐爛的霉斑。

——在滾水裡洗過，但就是洗不掉。

她將溼淋淋的茶碗放在膝上，端詳半天，忽然將手指插入髮間猛力搔起頭皮，再以沾了頭油的手在茶碗四處摩挲，霉斑便消失了。

——啊，太好了。您瞧瞧。師傅一臉得意，但父親沒伸手。

——怎麼這般骯髒！太不雅了。看了不舒服呢。

——我去仔細洗過。

——洗過也教人作嘔。怎麼再拿來喝茶？妳若要拿去，就給妳吧。

記得當時年幼的我坐在父親身旁，也覺得作嘔。

聽聞師傅後來將這只茶碗賣掉了。

因此我以爲，茶碗邊緣沾附著女人的口紅，也是像那樣般令人欲嘔。

6／ 樂陶據說始於陶匠長次郎（？～一五八九），其作品被稱爲聚樂燒或樂燒。

請您忘了我們母女，和稻村雪子小姐成婚吧……

二

寫於別府觀海寺溫泉，十月二十日……

從別府經大分搭火車去竹田比較快，但我想近距離欣賞九重群山，因此選擇越過別府後方的由布岳山麓，從由布院搭火車到豐後中村，再從那裡進入飯田高原，越過南邊山脈從久住町去竹田的這條路。

竹田雖是父親的故鄉，於我卻是陌生城市。如今父母都已離世，也不知還有誰會如何迎接我。

——父親曾說，那是個恍如心靈歸宿的城市。或許是因爲竹田正如與謝野夫妻的和歌所言，四面岩壁圍繞，出入皆須穿過洞門。

倘若母親在世，或許會詳細告訴我，但她似乎也只在我出生前隨父親去過一次。

我原諒令尊和母親時，彷彿背叛了父親。可我爲何又被一個雖是父親故鄉、於我卻是異鄉的城市所吸引呢？也許現下的我，分外依戀起既是故鄉亦爲異鄉的竹田？也可能覺得父親的故鄉，有著我與母親的贖罪之泉？

《久住山之歌》也有這麼一首：

歸來於父前叩首，仰止故鄉山高

當我原諒令尊和母親時，我想就已種下日後我們母女的過錯。那想必如同咒縛般困住且折磨著您吧。然而，任何罪孽和詛咒都有極限，在我打破志野茶碗的那天，我想那詛咒已經結束了。

我只愛過兩個人，就是母親和您。我說愛您，您想必很驚訝，連我自己都很驚訝。但我認爲不掩藏這份愛意，或許反而能夠「但祈斯人平安」。您對我做的事，我既不怪您，也不怨您。我想只是我的愛受到最強烈的報應，最嚴厲的懲罰。我的這兩份愛走到盡頭，一個是死，一個是罪。這或許是我這樣一名女子的命運？母親尋死了結一切，我卻拖著這具皮囊遁逃。

——啊，好想死。

母親生前成天將這句話掛在嘴上，每次我阻止她去見您，她就嚇唬我：

——妳想害死我嗎？

但自從她在圓覺寺的茶會見到您後，已有了自殺的念頭，我也是在打破志野陶的那天才明白。與您的邂逅，最終讓母親尋死，可她一心一意想見您，這才保住了她短暫的生命。而我的阻止，害死了母親。從打破志野陶的那天起，我也有了自殺的念頭，我也更加了解母親。我想她若沒死，可能就是我死了。是母親的死，讓我沒有死去。

當時，我在洗手盆摔碎志野茶碗後，驀地心神恍惚，險些倒在石頭上，是您及時扶住了我。

——母親啊！

我這聲呼喚，您是否聽見了呢？或許我當時並未喊出聲來。

儘管您叫我別走，還說要送我回去，但我只是搖頭。

——我不會再見您了。

我說著便落荒而逃，路上滿身冷汗，那一刻我眞的打算尋死。並非是怨恨您，而是感到自己已抵至人生終點，再也走不下去。繼母親之後我也死去，似是理所當然之事。母親倘若因不堪承受自身醜惡而死，那麼我也打算那麼做。不過，也有蓮花自悔恨之火中綻放的想法。因爲我愛您，所以不管您對我做了什麼，都不應是醜惡的。我彷如夏蛾撲火。母親覺得自身醜惡於是死去，而我只願她美麗，才會在那樣的迷夢中失去自己吧。

但是我和母親不同。她自從與您一度相逢，就魂不守舍地想見您，可我僅僅一次就夢碎。我的愛打從開始就已結束。與其說壓抑感情而後斷念，毋寧更像被推落、被推開。

——啊，不行了。

我如是想。母親死了，我也到了終點。果然，您還是和雪子小姐結婚最好。那樣我也能得到救贖。

——要是您來找我，或追蹤我，我也會尋死。

這麼說或許聽來自私，但就像祈願母親美麗與忘卻自我一樣，我只想從您的周遭，將我們母女倆徹底抹除。

我清醒之後，非常能夠理解栗本師傅何以指控母親與我破壞您的婚事。師傅說，自從邂逅了母親，您的性格就變得判若兩人。

摔碎志野茶碗的那天晚上，我慟哭到天亮，去友人家後，我懇求友人陪我去旅行。

——妳怎麼了？哭得兩眼紅腫……妳母親過世時，妳都沒哭成這樣。

朋友驚訝地問。隨後就陪我去了箱根。

但比起那時，以及母親過世時，其實我更悲傷的是小時候。那時栗本師傅來我家痛罵母親，逼她和令尊分手。躲在後頭偷聽的我哭了出來。母親抱著我到師傅面前。我不願意。

——媽媽不是被欺負了嗎？

——妳在後面哭，媽媽受不了。讓媽媽抱抱。

母親這麼說。我死也不肯瞧師傅一眼，坐在母親膝上將臉埋進母親懷中。

——哼，連小孩都粉墨登場了？

師傅出言嘲笑。

——妳小小年紀就聰明伶俐，想必很清楚三谷叔叔來妳家做了什麼吧？

——不知道、不知道。

我嚷著猛搖頭。

——怎麼可能不知道。那叔叔啊，家裡可是有太太的喔。妳媽媽很壞吧？叔叔家還有個比妳大的孩子喔。那孩子也會恨妳媽媽喔。要是學校老師和同學發現妳媽媽的醜事，妳也會很丟臉吧。

——小孩是無辜的。

雖然母親這麼抗議，但師傅說了：

——眞這麼無辜，何不好好撫養她，讓她眞的是無辜的？這麼個無辜的小孩，倒是很會看場合哭泣呢。

當時我十一、二歲。

——妳這樣可對小孩沒好處，眞可憐……妳打算讓她就這樣見不得人長大？

當時幾乎撕裂我幼小心靈的悲傷，恐怕遠比母親死去或與您訣別更痛苦。

我在中午抵達別府，然後搭公車繞行地獄[7]一遊。乘著在船上與老闆娘同房的緣分，我下榻觀海寺溫泉。

今晨航行伊予灘時風平浪靜，船艙窗口照進的陽光，讓我脫去外套僅著襯衫仍不住冒汗。進入別府港，左邊的高崎山向右綿延，意欲擁抱城市般，看起來就像巨大的圓形波浪。我記得在裝飾風格的日本繪畫中，就有這樣的波浪圖。觀海寺溫泉位於靠裡的高地，從浴場可將城市與港口一覽無遺。我很驚訝竟有如此寬敞明亮的溫泉場。這趟地獄之旅需繳車費一百圓，門票一百圓，十五、六處地獄中大多屬私人的，還有「地獄協會」這種組織。搭車參觀總計兩個半小時。

諸般地獄之中，血池地獄和海地獄的水色不知該說是妖豔或神祕，總之難以名狀。血池

7／ 從荒蕪地表噴出高熱的溫泉、水蒸氣及其他氣體的荒涼景象猶如地獄，因此得名。

地獄彷彿自池底噴湧血水，融入透明的熱水中，那血色異常鮮活，而且池中蒸氣騰騰。海地獄想必是因溫泉水色如海水而得名，但我從未見過如此清澈沉靜又帶著淺藍的水色。遠離城市的山間旅館夜闌人靜時，想起血池地獄及海地獄那不可思議的色澤，彷彿夢幻世界之泉。倘若母親與我徘徊於愛的地獄，那裡也有如此美麗的泉水嗎？地獄溫泉的色澤令我神思恍惚。請見諒。

三

寫於飯田高原筋湯，十月二十一日……

我在高原深處的溫泉旅館，毛衣外罩著旅館提供的棉袍，但夜裡還是很冷，不自覺彎身湊近火盆。這家旅館似乎在火災後僅稍加修繕，門窗關不緊總有縫隙。這裡的筋湯位於海拔一千公尺，明日還要翻越一千五百公尺的山嶺，投宿一千三百公尺處的溫泉，因此從東京出發時即已做好禦寒準備。但和今早離開的別府那溫暖氣候，未免相距甚大。

明天去九重山，後天終於要到竹田了。在明天的住宿處和到了竹田町之後，我都打算再寫信給您。但我最想對您說的是什麼呢？想必不是旅途日記吧。那麼是九重山與父親的故鄉，讓我想說些什麼嗎？

也許是想與您道別。儘管我很清楚，無言的訣別才是最好的。先前我似是很少與您交談，卻又彷彿說了很多。

——我想請您原諒我母親。

每次見到您，我都在爲母親道歉。

爲了求得您的寬恕，初次去府上造訪時，您說老早就知道母親有我這個女兒，您還說：

——我曾幻想，和那個女兒聊聊父親的往事。

——除了我父親的事，但願有一天也能與妳談論妳母親。

那天始終沒有來臨。並且，永遠失去了。要是去見您，談起令尊和我母親，此刻我肯定已因悔恨與羞辱而渾身戰慄。不能談論彼此的父母，這樣的兩個孩子能相愛嗎？寫到這裡，我的淚水已奪眶而出。

自從十一、二歲時聽了栗本師傅那番譴責，「三谷叔叔」有個兒子這件事，就深深烙印在我心上。但是，我從來沒向「三谷叔叔」提過他那個兒子。我覺得不能提。就連那個兒子是否上了戰場，我這幼小的女學生也一無所知。
即便空襲日益嚴重，令尊還是經常來家裡，所以我怕萬一出了事，那個兒子也將和我一樣成了沒有父親的孩子，因此有時我會堅持送你父親回家。仔細想來，那個孩子已經大得足以被徵召入伍，我心裡卻總覺得他仍是少年。或許是因為我頭一次聽師傅提起那孩子時的心痛，已經滲入心扉。
母親是沒用的人，所以由我在外四處採購。我在爭先恐後搭火車的人潮中，發現一個美人，便緊跟在那女人身旁。我們從自己從哪來、要去哪、買些什麼的話題聊到了身世背景，她說：
——我是人家的小妾。
或許是因爲美人如此坦誠相告，於是我說：
——我是小妾的孩子。
美人大吃一驚。
——哎呀？不過，已經長這麼大了就好。
那女人似乎誤會了「小妾的孩子」的意思。我只是面紅耳赤，未多作解釋。
那女人很憐愛我，經常和我相約去買東西，也曾兩人合力從她的故鄉新潟鄉下運米回來。我忘不了那女人。

長這麼大了有什麼好？我連令尊與我母親的話題，都已不能再向您談起。傳來瀑布聲。人們說去瀑布下，任由激流擊打身體，據說對治療筋骨酸痛頗富成效，所以才稱作筋湯溫泉吧。旅館內沒有浴池，必須去大型公共浴池，就在涌蓋山和黑岩山之間的山谷深處。夜晚據說會降下山間的冷空氣。不同於別府的血池地獄與海地獄那夢幻般的色彩，今天我看到山中的美麗紅葉。從別府後方的城島高原遠眺由布岳固然美麗，但從豐後中村車站爬上飯田高原的那條路，也能看見九醉溪的紅葉。爬完十三彎從頂上回顧，只見逆光讓山後及山褶的色調暗沉，加深紅葉的美麗。從山肩照射的夕陽令紅葉世界無比莊嚴。

我想明日的高原和山上應該也會是晴天。從遙遠的山谷旅館向您道聲晚安。我出來旅行三天，連夢都沒做過。

從摔碎志野茶碗的那晚起，我寄宿友人家那三個月，夜夜失眠。似乎在友人家叨擾太久。我留在上野公園後面那出租房間的少許行李，也是由這名友人替我取回。

我聽友人說，隔天，您曾去公園後面那房子找我。但我爲何要逃走，即便在友人面前我也說不出口。

——那是我不能愛的人。

我只能這麼說。

——但他愛妳吧。被不能愛的人愛上，這種話多半是騙人的。女人就是喜歡扯這類謊話。但我願意相信妳說的是眞的……

友人這番話，意思應是這世上絕不存在不能愛的人。或許是吧。好比我母親那樣抱著尋死的念頭……

然而，企圖美化母親尋死之舉的我，將被帶至何種境地，您想必最清楚。就算不是被動跟隨、而是我主動送上門，我也難以判斷，這算不算是掩人耳目的偸情。我能夠辯稱，自己的行爲是掩人耳目嗎？還有，就算只是旁觀他人的行徑，我能說那在掩人耳目嗎？當神明或命運赦免了人類的行爲，還叫做掩人耳目嗎？

這件事雖不該寫出來，但我投靠的那位友人，往昔和男人犯過錯誤。或許因此我才敢前去投靠她。而她也立刻察覺了我的處境。但是，她終究無法理解我如遭到捲入漩渦般的悔恨。

可能我也像母親，個性有點少根筋，等我漸漸開朗起來之後，友人終於放心讓我獨自出門旅行。

一個女人獨自投宿旅館，比起昔日母女相依爲命、以及母親死後孑然一身的境遇，我反倒覺得更加無牽無掛。然而，夜裡還是萌生不安與孤獨的愁緒，這才寫下此封無處可寄的信。明明沉默了三個月，事到如今又能說什麼呢？

四

寫於法華寺溫泉，十月二十二日……

今天我翻越海拔一千五百四十公尺的山嶺諏峨守越，住在一千三百零三公尺高的法華寺溫泉。據說這是九州最高的山間溫泉。我這趟竹田町之旅，也在今日越過山嶺，明日下山去久住町，即可抵達竹田。

不知是因在高原的日光下步行，還是此地硫磺味太重的緣故，今晚似乎有點疲倦。不僅是這個溫泉的硫磺，諏峨守越旁的硫磺山也會隨風向飄來濃煙。據說銀製鐘錶在此地一天就會發黑。

——昨天早上五度，今早四度……旅館的人說，今晚會比昨晚更冷喔。我不知是早上幾時看的溫度計，但黎明前或許溫度會低到將近零度。

不過，我住的是別館二樓的小房間，玻璃窗也是禦寒的雙重窗戶。棉袍很厚實，火盆的火也很旺。比昨晚的筋湯舒服得多。但還是可以感到山間夜晚徹骨的寒氣。

法華寺的旅館是山中獨棟建築。信件和報紙都送不進來。距離村落還有十二公里，離最近一戶鄰家據說也要六公里。上小學要走十二公里路，因此孩子到了上學的年紀就得寄宿在山下的村落。

這家旅館有兩個孩子，似是哥哥六歲，妹妹四歲。見我一名單身女子前來，這家的老奶奶不時會找我攀談，聊上半天。兩個孩子也跟來，搶著坐在祖母膝上。起初是妹妹跨坐在祖母膝上抱著不放，男孩想推開她，妹妹就猛然撲向哥哥，一下子追哥哥，一下子扭打成一團。哥哥有一雙漂亮的眼睛，四歲的妹妹那眼眸更是大得驚人，神情倔強，氣勢凌人。或許是山中強烈的日光，養出她如此強悍的眼神。

——府上的孩子沒有鄰居玩伴嗎？

我問。

——得走十二公里路才有鄰居的孩子。

祖母說，男孩在妹妹出生時還說：

——我和媽媽睡得好好的，被這小孩搶走了。

可是在妹妹出生前，哥哥又說：

——等寶寶出生了，我要睡在寶寶身旁。

但後來男孩似乎都是和祖母一起睡。

嚴冬時節，這家人有時會關閉旅館，下山去村子。他們是山中唯一一戶人家的孩子，那強烈的目光吸引了我。是有張圓臉的漂亮小孩。

我驀然想起自己是獨生女。

打從出生後，家裡就只有自己一個小孩，說起來也習慣了，平常壓根沒察覺。或許也不是全然沒察覺，只是從未仔細探究。小女孩想要哥哥或姊姊的感傷似乎也消失了。就連母親過世後，我都未曾浮現「要是有手足就好了」的念頭，反而立刻打電話給您。讓您成了我隱瞞母親自殺的共犯。事後想想，就像是認定母親的死您也有責任似的……要是我有哥哥，我當時應該不會那樣做。要是我有哥哥，母親或許也不會自殺，至少，我想我應該不會陷入那種罪惡的悲傷裡。如今想來，我驚愕之下似已豁然清醒。身爲獨生女的我本不該向您撒嬌，但我當時肯定是在向您撒嬌。

沒有手足的我，獨自投宿山中唯一的一戶人家，忽然很想呼喚那不存在的哥哥。就算不是哥哥，姊姊或弟弟都好，總之要是有個手足就好了。想呼喚不存在的兄弟姊妹，是很怪異的想法嗎？

說到沒有手足，您也是獨生子，但我過去從來沒想過這一點。令尊來家裡時，絕口不提家事，自然沒提過您是獨生子。但我記得有一次，令尊對我說：

——沒有兄弟姊妹很寂寞吧。要是有弟弟或妹妹就好了。

我當下臉色發白，幾乎渾身顫抖。

——是呀……太田過世時，也擔心她一個女孩子家太可憐了。

本來傻呵呵跟著附和的母親，察覺我的臉色不對勁，似乎也倒抽了一口氣。

我感到憎惡與恐懼。那時我已十四、五歲，很清楚母親做了什麼。我以爲令尊要說，母親會生一個和我同母異父的孩子。如今想來，那應是我自己瞎疑心。令尊當時多半是想起了你這個獨生兒子。也許，他覺得這個家就我們母女相依爲命很寂寞。然而那時，我內心異常激動，甚至暗暗下定決心，若母親生了孩子，我要殺死那個嬰兒。無論是過去或日後，只有那次，腦中浮現想殺人的念頭，但我或許眞的會殺人。我不知那是憎惡、嫉妒，抑或憤怒，也許是少女單純的戰慄。母親似乎察覺了什麼，連忙說道：

——我請人看了手相，人家也說我命中注定只有一個孩子。

——這樣的好孩子一個就抵十個。

——話是沒錯……但獨生子無人陪伴，往往有自說自話的傾向。會不會就此活在自己的世界，變得不善於人際往來呢？

令尊或許是見我低頭沉默不語，才這麼說。我刻意迴避，不看他的臉，也不吭聲。我像母親，並非陰沉的孩子。但就算我正在活潑嬉戲，只要令尊一來，我就會立刻安靜下來。母親或許視爲孩子的抗議，心下難過。但令尊或許說的不是我，而是您。

但要是我想殺死的嬰兒眞的誕生了，會變得如何呢？要是我有了弟弟或妹妹，也是您的弟弟或妹妹……

——啊，眞可怕。

我越過高原，翻過山嶺，照理說應該洗淨了那種病態的想法。我應該是在「標準的好天氣」中一路走來。

——天氣眞好。

——對，是標準的好天氣。

今早，我走出筋湯不久，就在路上聽見村民如此寒暄。這一帶說到「晴天」，似乎都習慣說成「標準的好天氣」，而且語尾發音格外淸楚。我的心情也爲之豁然開朗。

真的是標準的好天氣。路旁綿延的芒草或茅草的草穗，在朝陽下閃耀著晶瑩剔透的銀光。橡樹的紅葉也閃閃發亮。左邊山腳的杉樹林間陰影深濃。田埂上鋪著草蓆，大人將穿紅衣的幼兒放在草蓆上坐著。後方的白色袋子裡裝了食物，草蓆上也擺著玩具。孩子的母親正在割稻。這一帶天冷得早，因此插秧也早，據說是生著火插秧。但是今早，草蓆上的孩子似乎也曬起溫暖的陽光，所以我只將鞋子換成橡膠底的帆布鞋，並未穿上防寒衣。

從筋湯出發，有各種登山路徑及通往山頂的捷徑，但我決定走到飯田郵局及學校一帶，沿著高原中央，一邊眺望九重群山一邊緩步前行。我不登山，只是從諏峨守越走向法華寺，所以即便以我的腳力，這樣的行程也不感吃力。

所謂九重山，自東數來，依序是黑岳、大船山、久住山、三俣山、黑岩山、星生山、獵師岳、涌蓋山、一目山、泉水山這九座連峰的統稱。這片山脈的北邊就是飯田高原。

說是山脈北邊，但涌蓋山繞向西邊，崩平山位於高原北邊，其實是由群山環繞、或說四方群山托起的圓形高原。真的很像一座美妙的夢幻王國浮現此間。滿山紅葉，芒草的穗浪瑩白，但我眼底的高原瀰漫著柔和的紫色。高度約一千公尺，東西與南北據說都有八公里的幅度。

我就是要越過高原的南北。來到遼闊的原野，只見正前方的三俣山與星生山之間，遠遠飄著硫磺山的白煙。群山一覽無遺。唯右邊的涌蓋山天空掠過淡淡的白雲。我從東京出發時，就是爲了這高原的「好天氣」而來，眞是太幸福了。

過往只知信濃高原，但這飯田高原正如許多人所言，極富浪漫的懷舊之情。柔和、明朗，看似迢遙，也彷彿被靜謐地擁入懷中。南邊群山看起來溫和優雅。搭船進入別府港時，環抱市區般連綿群山的渾圓起伏曾深深觸動我心，但此刻在飯田高原見到的九重群山，以高度而言，意外予人親切的和諧感。或許是錯落起伏的均衡感吧。久住山標高一千七百八十七公尺多，是九州第一高山；大船山標高一千七百八十七公尺，是第二高山。縱使這兩座高山仍隱蔽在雲霧間，三俣山和星生山也有一千七百四十至一千七百六十公尺高。超過一千七百公尺的高山，據說多達十座。或許是我就站在一千公尺的高原上，凝望高度相差無幾的群山並列，這才感到風景格外平易近人吧。此外，也可能因爲地處南方且離海不遠，高原的色彩才會如此明媚。

行至高原中央的長者原，我在松蔭下休息許久。長者原零星散布松林，我被草原上的松樹吸引。走了一會，我又在一處松蔭下吃起遲來的便當。那時約莫午後兩點。放眼環視遼闊的草原染上整片黃，從我的位置看去，陽光照耀處和背光處的色彩有著微妙的差異。群山的色彩大異其趣。紅葉色澤鮮豔的山，看似彩繪玻璃。我彷彿身在大自然的天堂。

——啊，來這裡是對的。

我大聲說。我流下淚水，淚眼模糊中只見芒草的穗浪依然閃爍銀光，但那並非玷汙悲傷的淚水，而是洗滌悲傷的淚水。

爲了想您，也爲了訣別，我來到這高原和父親的故鄉。倘若想著您就會受悔恨與罪惡感糾纏，那麼我永遠無法訣別，也無法重新出發。迢迢來到高原還在想您，請原諒我。我是爲了訣別而想您。走在草原，凝望高山，我一路想著您。

我在松蔭下定定想您，倘若這是沒有屋頂的天堂，我能否就此死去？就這樣，我動也不想動，心蕩神馳地祈求您的幸福。

——請和雪子小姐結婚。

我說著，與我內心的您訣別。

儘管不可能忘記您，但此後無論抱著多麼醜惡齷齪的思緒回憶，我都會將在這高原上想您時便已徹底訣別之事，放在心裡。我們母女，今日從您身邊徹底消失。最後讓我再次向您道歉。

——請原諒我母親。

從飯田高原翻越諏峨守越，得爬上三俣山的山麓道路，但我選擇走運送硫磺的路線。隨著逐漸接近硫磺山，景觀變得可怕。遠處便可見硫磺濃煙噴火般冒出。遼闊的山腹一帶噴出硫磺，連山脊都寸草不生，山被燒得皮開肉綻，岩石和泥土暴露出焦黑的表面。那黯淡的灰色與褐色猶如廢墟。左邊的小山上，正在開採天然硫磺。人們在噴氣孔裝上圓筒，採集從噴口如冰柱垂墜的硫磺。我穿過採集場的濃煙，走過崎嶇的裸岩，抵達山頂。

從山頂下到北千里濱，回頭一看，正要沉落山峰的太陽，被硫磺煙燻得彷如蒼白的月妖。前方是大船山的美麗紅葉，在暮色中猶如織錦。下了陡峭的斜坡，就是法華寺溫泉。

今晚的信很長。因爲我想讓您知道，自分別後，我是如何度過了在清淨高原上的一天。請勿掛念，晚安。

五

寫於竹田町，十月二十三日……

我終於來到父親的家鄉。

今天傍晚，我穿過岩山洞門進入竹田町。從法華寺溫泉走下久住高原，從久住町搭乘巴士約五十分鐘到竹田。

我住在伯父家。這是父親的老家。初次看到父親從小生長的家，令我深感不可思議。當初抱著是故鄉、也是異鄉的心情來此地，但是見到肖似父親的伯父，父親的音容神貌在睽違十年後清晰浮現腦海，如今無家可歸的我彷彿又有了家。

我說是從別府一路繞行九重而來，伯父他們很驚訝。見我孤身翻山越嶺，獨自下榻溫泉旅館，必定是個倔強的女孩吧。我雖想看山，但也曾在來父親的老家前猶疑不定。父親過世之後，母親即與婆家疏遠，沒再與父親這邊的親戚打交道。伯父說：

——要是從船上發電報來，我們可以去別府接妳……從別府過來很近喔。

雖然我事先寫信說要來，但那時我想彼此的關係還沒親近到能發電報通知抵達時間。

——我弟弟過世時，妳幾歲？

——十歲。

——十歲啊。

伯父一邊覆述，一邊看著我說：

——妳長得很像妳母親。雖沒見過幾次面，但看到妳就想起她來。不過，妳也有點像我弟弟，好比耳朵的形狀，果然是太田家的耳朵。

——見到伯父，也讓我想起父親。

——這樣啊。

——等我工作之後，就不能再隨意出門旅行，所以想在工作前至少來拜訪一次……

我不希望他們以爲，我是因父母雙亡才來投奔他們。我對伯父毫無所求。家母死時，伯父也沒有來弔唁。從九州過來趕不上喪禮，況且母親當時幾乎是密葬……

我只是爲了與和母親有瓜葛的您訣別，這才造訪父親的家鄉。我想逃離母親瘋狂的愛情漩渦，回歸健全的父親的回憶。然而，日暮時分走進這座岩山環繞的小城，也油然升起來到流亡武士躲藏的村落的寂寥。

今早我在法華寺賴了一會床。

「早安。」旅館的人對我打招呼，說孩子們一大清早就在下面吵鬧，肯定害我沒睡好。但我什麼都沒聽到。

送早餐時，眼神強悍的女孩也跟來，挨著祖母坐下。但聽說她今早從連接主屋與別館的橋失足掉落。那座橋足足有四、五公尺高，幸好女孩落在三塊岩石的正中央，撿回一條小命。聽說被救起後，還哭著說：

——木屐沖走了，木屐沖走了。

大夥兒揶揄說，那妳再掉下去一次試試。

——沒有衣服穿，我不要。

女孩的衣服就晾在小河岸邊的岩石上，那是粗藍紋點綴蝴蝶與牡丹圖樣的紅色棉背心。看著紅色棉背心攤在朝陽下，我感到溫暖的生命恩賜。掉落時剛好落在三塊岩石之間，該怎麼解釋呢？三塊岩石之間，狹小得恰可讓幼兒容身。只要稍微差上分毫，恐怕就會摔在岩石上，就算不致喪命，也可能成了殘廢。小孩似乎不知那種危險與恐懼，身體也好好的哪都不疼，一副若無其事。我覺得幸運墜落的既是這孩子，又不是這孩子。

我無法讓母親活過來。但是想到那讓我苟活著的存在，我祈求您幸福的心也更爲堅定。我不禁想，在人的恥辱與罪孽的岩石之間，或許也有像這孩子墜落之處那樣獲得救贖的場所。

我想沾點這孩子的運氣，摸著她剪成妹妹頭的濃密頭髮，啟程離開法華寺。

大船山的紅葉太美，我便走到坊之水流[8]。這座盆地由三俣山、大船山、平治岳等山峰圍繞。三俣山看來是昨日的反面那一側。我一路走到筑紫山岳會的馬醉木小屋附近。馬醉木叢中，生有可愛的萬年松。有點像金髮蘚，約八、九公分高。也發現越橘與岩鏡。據說大

8／坊ヶつる，位於法華寺一帶的溼原。

船山的滿山紅葉裡，黑色的都是杜鵑花。似乎還有一棵矮樹枝葉，伸展占地有六張榻榻米那麼大。坊之水流也有許多霧島杜鵑，而且這一帶芒草細瘦低矮，穗頭也僅三公分長。

聽說今晨山頂氣溫降至零度，但坊之水流似乎陽光和煦，紅葉的色彩彷彿也溫暖了這盆地。

回到旅館附近，從白口岳和立中山之間的鉾立嶺下到佐渡窪。這座盆地形似佐渡島，許多薊草都已乾枯。從佐渡窪下鍋破坂，來到朽網別，久住高原的景觀在眼前開闊。從鍋破坂穿過雜樹林，一路沿石子路下行。我只聽見腳下踩過落葉的聲音。

沿路不見人影，我感覺那彷彿是隻身行過大自然的足音。來到朽網別，左邊的清水山紅葉也很美。從此地應可眺望阿蘇五岳，可惜被雲層遮蔽。隱約可見祖母山與傾山的連綿山勢。然而，久住高原是橫跨二十公里的大草原，連接阿蘇北方的裾野、波野原，面積廣闊。如同從南邊回望九重（或久住）群山，但山頂亦有雲層遮蔽。我穿過高及人背的芒草，經過放牧場，終於抵達久住町。

久住的南登山口，坐落著豬鹿狼寺這名稱奇特的寺廟遺址。無論是豬鹿狼寺或法華寺，都是擁有數百年歷史的神靈之地。九重群山就是神靈之地。我彷彿行經神靈之地。我深感慶幸。

伯父家的人都睡著了，我也不方便像在旅館那樣自個不睡覺徹夜寫信。

——晚安。

六

寫於竹田町，十月二十四日……

在竹田車站，每當豐肥線的列車進出站時，就會響起〈荒城之月〉的歌聲。當地人說，作曲者瀧廉太郎對此地的岡城遺址心有所感，才創作出〈荒城之月〉的旋律。瀧廉太郎的父親於明治二十年前後，成爲此地的郡長，因此廉太郎應也曾在竹田町昔日的高等小學校就讀。少年時代，想必也曾遊訪城址。

瀧廉太郎於明治三十六年，二十五歲便逝世。這是虛歲，我後年也將來到這年紀。

——好想死於二十五歲。

我想起在女學校時，曾與同學這麼談論過。這句話似是同學說的，也像是我說的。

〈荒城之月〉的作詞者土井晚翠也於今年離世。聽聞我抵達竹田町不久前，當地才在岡城遺址舉辦晚翠的追悼會。據說作曲的廉太郎和作詞的晚翠曾在倫敦見過一面。那是連父親都尚年幼的時代，年輕的詩人與音樂家在異鄉邂逅，與〈荒城之月〉的創作有何機緣，自然不是我所能知曉。不過，兩人留下了美妙的歌曲。迄今〈荒城之月〉仍是家喻戶曉的名曲。

然則，我與您一度相逢，又留下了什麼呢？

——留下一個像瀧廉太郎那樣的天才孩子……

我被驀地萌生這種念頭的自己嚇到了。會有這白日夢般的念頭，甚至敢對您寫出這番話，或許都是因爲今日在父親的家鄉安頓下來之故。但您可否想過，女人還有這此般不知是喜是愁暗自戰慄的憂慮？您曾在心中浮現與我同樣的不安？這股教人深感意外的憂懼，讓我不禁感到，我果然是女人。我曾夢想過，不告知您，瞞著您，獨自撫養孩子長大。甚至做了這番虛幻的心理準備，覺得那便是我這被母親養大的孩子注定的宿命。您很驚訝嗎？身爲女人的我，光是這樣就消瘦了。不過，這份不安並未持續太久。

不過是在竹田車站聽見〈荒城之月〉，讓我想起當時的憂懼罷了。

岩山四面繞，中有竹田町，並有秋川水潺潺

今天我打算在鎮上四處逛逛，過了那秋水潺潺的橋後就聽見歌聲，引我走向車站。車站裡某處在播放音樂。昨天我不是搭火車，而是從久住町搭公車來，所以沒發現。

那條河就在車站前。從車站回到橋上，歌聲仍未止歇，我憑欄佇立半晌，眺望河水。河上游的左岸，河床的巨岩上立著柱子，向河面伸出，小木屋似的住家林立。有女人在岩石邊洗衣服。車站後面也逼近岩山峭壁。岩石表面水流如小瀑布落下。岩山變色，處處留下綠痕。

我一邊想您，一邊在父親的城市漫步。父親的故鄉於我已不再是陌生異地。昨天傍晚抵達時我還沒發現，但今早一看，真是個很小的城鎮。不管往哪走，都會碰上岩壁。我彷彿也置身於四面岩山圍繞之中。

昨晚，伯父用的旅館火柴盒上，印刷著「山紫水明，竹田美人」字樣。我笑說：

——很像京都欸。

——是真的。真的叫做竹田美人。像是琴道、茶道，這裡打從許久前就遊藝興盛。水也乾淨，流經市區簷下的小水溝，在這裡叫做井出，妳父親小時候，早晨就是在那井出漱口，也在那洗茶碗。

人口僅僅一萬的小鎮，卻有十餘處寺院，神社也將近十處，或許堪稱小京都。

——如今竹田美人也沒了。

伯父說著，以前會去東京的人寥寥可數，可我走在路上，覺得看到的女人都很美麗。走到鎮外靠近洞門時，岩山上染著楓紅，洞門那頭出口聳立的岩石卻是青苔的綠色，我看到穿白毛衣的漂亮小姐從那綠意前方走來。

小鎮中心有一條鋪設柏油路的商店街，裝設寂寞的鈴蘭路燈，彎進旁邊的巷子就是靜謐的老城區，但似乎也很快就遇上擋路的岩壁。只見石崖、白色倉庫、黑色木板圍牆，也有幾已傾頹的圍牆，的的確確是座老城區。據說明治十年西南戰爭[9]時，城鎮全燒燬了，僅高地還留下幾棟歷史悠久的房子。回到伯父家，我聊起街上見聞。伯母說：

——文子將鎮上從頭到尾都走遍了吧？

田能村竹田[10]的舊居、田伏大宅遺址隱匿的天主教教堂、中川神社的聖地牙哥之鐘、廣瀨神社、岡城遺址、魚住瀑布、碧雲寺等名勝景點，不到半日便可走完。

據說迄今在竹田町，仍有許多人稱竹田爲「竹田老師」。昨日我從久住過來的那條路，昔日有藩主出巡，竹田及廣瀨淡窗[11]等無數豐後文人亦曾徒步往返。賴山陽[12]來訪竹田，也是走這條路。竹田的舊居，留有他與山陽喝煎茶的茶室。那間茶室與主屋之間的庭

9／ 明治十年（一八七七），鹿兒島士族推舉西鄉隆盛爲首領，發起的大規模反政府叛亂。當時竹田町曾被西鄉軍占領。

10／ 田能村竹田（一七七七～一八三五），江戶後期的南宗畫（文人畫）畫家。

院，陽光照在芭蕉已泛黃與枯折的葉片上。梧桐葉也黃了。竹田據說曾摘菜給山陽吃的菜園，就在主屋前面。竹田紀念館的畫聖堂雖是新建築，但裡面也設有茶席，聽說可以喝抹茶，還掛了竹田的南畫。

天主教的隱匿教堂就在竹田莊附近。是在竹林深處岩壁所挖鑿出的一個相當寬敞的洞窟。聖地牙哥之鐘上刻有「1612 SANTIAGO HOSPITAL」一行字。

竹田昔日的城主就是天主教徒。

竹田莊的庭院有織部燈籠[13]，沿著微微上坡的小路右轉是竹田莊的石崖，左轉處的大宅，據說仍住著古田織部的子孫，光是經過那大宅前都會心跳加速。相傳古田織部的兒子曾定居竹田。據說就在上殿町，是昔日武士居住的宅邸。

我無法忘懷。在圓覺寺那場茶會上初次見到您時，是稻村雪子小姐點茶。

——用哪個茶碗呢？

——這個嘛，就用那個織部茶碗吧。

栗本師傅說，那原是令尊喜愛的茶碗，後來給了她，但在令尊之前，本來是我父親的。是我母親轉贈給令尊。雪子小姐就用那只黑織部茶碗點茶，給您品茶。光是這樣就已令我抬

11／ 廣瀨淡窗（一七八二～一八五六），幕府末年的儒學家，曾興辦私塾，有弟子四千。

12／ 賴山陽（一七八一～一八三二），漢學家、漢詩詩人、書法家。

13／ 茶人古田織部在茶室的庭園積極引進石燈籠。據說這種石燈籠是織部喜愛的樣式。

不起頭來，更離譜的是，母親居然跟著說：

——我也用那個茶碗來一杯吧……

母親莫不是飲下了命運之毒嗎？

沒想到在父親的故鄉，那場茶席上的種種回憶又浮上心頭。那只黑織部若仍在栗本師傅手裡，請您拿回來，讓它從此消聲匿跡。也請您當我從此消聲匿跡。

四處遊歷父親的故鄉後，我就要離開竹田町了。寫了這麼多此地的事，也是覺得自己不會再來了。我想在父親的故鄉與您道別。我不打算寄出這封信，若寄出了，也是最後一封信。

岡城遺址除了石崖什麼也不剩。不過，盤據要害的高地景觀絕佳，晴朗的秋日可遠眺連綿山峰。諸如祖母山與傾山，還有對面的九重，大船山頂飄著一絲白雲。我一路走過的高原與山嶺就在那頭。我在高原的松蔭及芒草叢中想您時，就已向您道別了。儘管照理說我已從您身邊消失，如今再說什麼道別都嫌拖泥帶水，但女人終究還是做不到。請原諒我。晚安。

旅途中雖曾寫信勸您與雪子小姐結婚，但您還是自行決定吧。我和母親，對於您的自由和幸福，也不再是妨礙。請千萬別找我。

旅行六天，連續寫下不值一提之事，女人著實嘮叨吧。即將離別的我雖渴求您的理解，但言詞虛無，女人好像還是得待在身邊才行。渴求理解的心願，如今與我的處境正好相反。我將從父親的家鄉重新出發。別矣。

七

一年半前，菊治讀著文子的信，和現在與雪子蜜月歸來後重讀這些信，他對文子言詞的感受，已大不相同。

但是，他也說不清有何不同。畢竟言詞虛無嗎？

菊治走到新居的庭院，要將文子那疊信點火燒掉。說是庭院，其實徒有其名，只是拿簡陋木板牆圍起一塊狹仄空地。

信件受潮了，燒不起來。

於是他將信一張張分開，頻頻劃火柴。文子的墨色逐漸變化，化為灰燼仍有文字殘留。

「言詞，就讓它付之一炬。」

菊治將信一張一張投入火焰。

文子的言詞，在自己燒燬她的信後，會變成怎樣呢？菊治別過臉避開濃煙。木板牆的角落斜斜射入冬陽。

「旅行還盡興嗎？」

走廊突然響起栗本千佳子的聲音，菊治猝然不寒而慄。

「幹嘛不聲不響出現。」

「我喊了半天都沒人回應啊。聽說闖空門的專挑新婚夫妻下手喔。女傭還沒來嗎？暫時過過兩人世界或許更好。雪子小姐很賢慧吧。」

「妳向誰打聽的？」

「這房子的地址嗎？鼠有鼠道，蛇有蛇路，我自有我的消息管道。」

「妳的確是毒蛇。」菊治不滿地說。

父親死後，千佳子不打招呼就逕自出入菊治家。如今居然又在新家出現，菊治感到前所未有的厭惡。

「不過，總不能讓雪子小姐在這麼冷的天洗東西吧。還是我來伺候吧？」

菊治沒有轉頭理會她。

「你在燒什麼？文子小姐的信嗎？」

剩下的信還在菊治腿上，他是蹲著的，千佳子應該看不見。

「燒的若是文子小姐的信，會很暖和吧。做得好。」

「這個家已衰敗至此，用不著妳再上門。請別再來了。」

「我又不會妨礙你們。歸根究柢，當初替你和雪子小姐牽線的可是我，我不知多慶幸。這下子也能安心了。今後，只是想來伺候少爺……」

菊治將剩下的信往懷裡一塞，站了起來。

千佳子本來站在走廊邊上，一見菊治的臉色，像要退後一步似的說：

「哎呀？臉色作啥那麼嚇人？我只是想，雪子小姐的行李似乎還沒收拾，來幫個忙……」

「不用妳多管閒事。」

「哪裡是管閒事。你就不能理解我想伺候你的心意嗎？」

千佳子當場洩氣似的癱坐，聳起左肩，畏怯地喘著氣。

「雪子小姐回娘家了吧。我只是擔心你怎麼丟下她，自己匆匆回來。」

「妳去過雪子家了？」

「我去道喜。要是惹你不高興，那我道歉。」
千佳子說著窺探菊治的臉色。菊治也壓下怒火，說道：
「對了，那個黑織部還在吧？」
「你父親送我的那個？在啊。」
「還在的話就給我。」
「好。」
千佳子迷惑猶疑的目光，不久便因怨恨而失去生氣。但她還是說：
「好。雖然你父親的東西我一輩子都不想放手，但既然你親自開口，我這兩天就送來……你今後又要點茶了嗎？」
「我希望妳現在立刻拿來。」
「好吧。等你燒完文子小姐的信後，就用黑織部喝杯茶吧。」
千佳子垂下頭，像要撥開什麼似的走了。
菊治又走下院子，但是手在顫抖，連火柴都抓不穩。

新家庭

一

雪子是個舉止活潑的女子，但菊治不經意發現，她會坐在鋼琴前發呆。在這個家，鋼琴還是太大了。

那是菊治近來熟稔的製作所生產的鋼琴。菊治的父親生前是樂器公司的股東。那家樂器公司，有段時期當然也被迫改做軍事武器。戰後，樂器公司的一名技師決心打造自己設計的鋼琴，因父親之故，常來找菊治商量。菊治便拿賣房子的錢投資他。

這家小製作所的試成品，也送了一臺來菊治的新居。雪子的鋼琴留給了娘家的妹妹。娘家不可能買不起另一臺鋼琴給她妹妹，因此菊治曾三番兩次對雪子說：

「要是這臺鋼琴彈不慣，就將妳那臺搬過來。別顧忌我。」

菊治以為，雪子在鋼琴前發呆，是因為不滿意這臺鋼琴。

「這臺就好。」雪子聽他一說似乎很詫異。「雖然我不太懂，但調音師不也稱讚過這架鋼琴？」

其實菊治也明白，並不是因爲鋼琴。況且，雪子對鋼琴並沒有那麼大的熱情，技藝也沒高明到挑剔鋼琴的地步。

「看妳坐在鋼琴前發呆……」菊治說：「似乎不滿意這臺鋼琴。」

「和鋼琴無關。」

雪子坦率回答，一副想接著說下去，似乎又臨時改變主意。

「你看見我在發呆了呀？什麼時候發現的？」

玄關旁按照慣例有西式房間，擺在那裡的鋼琴，從起居室或二樓的菊治房間都看不見。

「我在娘家時，身邊總是吵吵鬧鬧的，根本沒時間發呆。所以能發呆很難得啊。」

菊治想起雪子娘家的父母和兄弟姊妹，家中常有客人出入，非常熱鬧。

「可是之前見到妳，我對妳的印象反而是沉默寡言。」

「眞的？我很聒噪喔。和母親與妹妹在一起時，像是沒片刻能安靜下來。三人中總有人在說話。但也許在三人之中，我的確比較沉默。每次看母親在客人面前喋喋不休，我就會安靜下來。你要是聽到她那番社交辭令，肯定也會受不了。老是待在她身邊，或許會變成一個沉默冷淡的女兒。妹妹倒是很配合母親……」

「岳母本來想讓妳嫁到更富貴熱鬧的人家吧。」

「是呀。」雪子坦率地點頭承認。「來到這個家後，我說的話還不到在娘家時的十分之一。」

「畢竟白天只有妳一個人在家。」

「就算你在，我也不會心急火燎似的拚命說個沒完。」

「是啊。出門散步時，話就多了。」

菊治說著，想起夜裡兩人走在街上，雪子好像連近日的寒冷都拋下，開心地嘰嘰喳喳，依偎在他身旁，還主動牽他的手。或許雪子出了家門，就覺得解脫吧。

「現在雖不會獨自出門，但以前在娘家，只要一回家，就會將外面的事一五一十告訴母親。再將同樣的話對父親說一遍。」

「岳父也很開心吧。」

雪子凝視菊治半晌，點點頭。

「向父親說時，母親有時會跟著聽第二遍，所以她常在一旁不住吃吃笑。」

菊治至今仍無法理解，雪子何以甘願離開那樣的親情，嫁給菊治坐在這簡陋的起居室。

雪子的睫毛間有顆淡色的小痣，這也是兩人成家後菊治才發現的。

雪子的美麗貝齒，在菊治的眼中熠熠發光，也是同住之後才有的感受。接吻時，也被那皓齒的清純打動。

抱著逐漸習慣接吻的雪子，菊治有時會驀然落淚。因爲只停留在接吻階段，在菊治眼中，雪子似是珍貴無比又楚楚可憐。

然而，對於兩人的關係只停留在接吻，雪子似乎不像菊治感到如此懊惱或焦慮。雪子對於婚姻並非無知，但光是接吻和擁抱，雪子似已感到充分驚奇，並獲得足夠的愛情來回應菊治。

菊治有時也會轉念一想，這樣的新婚生活或許並沒有自己所苦惱得那麼不自然、不健康。

就連雪子從蔬果店買回來的白蘿蔔和水菜，蔬菜上的綠與白，在菊治看來都格外新鮮。光是這樣就很幸福了吧。昔日守著老房子和老女傭同住時，他壓根沒注意過廚房的蔬菜。

「那麼大的房子，一個人住不會寂寞嗎？」

來到這個家不久，雪子曾問過他。即便只是簡短的疑惑，在菊治聽來，也覺得彷彿連自己的過去都一併得到了慰藉。

菊治早晨醒來，若身邊不見雪子，就會忽感寂寞。可雪子要準備早餐，當然得比他早起。但當菊治醒來，雪子仍在一旁熟睡，他就會沉浸在溫情中，因此他甚至努力要比雪子更早醒來。而當他醒來時發現雪子不見身影，便會陷入輕微的不安。

一天傍晚，菊治到了家便問：

「雪子，妳用的香水是Prince Matchabelli嗎？」

「咦，怎麼問起這個？」

「談鋼琴生意時，遇到的女客人說的。有些人的鼻子眞靈光啊。」

「你身上怎麼會有這味道？」

雪子接過他的西裝後聞了聞，隨即似乎想起什麼說：

「我將香水瓶放在衣櫃就忘了。」

二

二月底，連下三天的雨，終於在傍晚前停了。朦朧低垂的天空仍布著陰霾，隱約暈染一抹淺紅，就在這樣的星期天，栗本千佳子抱著黑織部來了。

「喏，我將很有紀念意義的茶碗帶來了。」

千佳子說著，從套盒取出，雙手捧著打量。隨後放在菊治膝前。

「接下來正好是使用的時節。嫩蕨的花色正當季……」

菊治壓根沒有拿起茶碗。

「我都快忘了，妳才拿來。那天我要妳立刻送回家裡，可妳沒來，還以爲妳不會拿來了。」

「這是早春用的茶碗，冬天送來也沒用吧。況且眞到了要脫手的時候，我也會捨不得啊，說是難分難捨似乎又有點……」

這時雪子泡了粗茶送來。

「哎呀，夫人，不好意思。」千佳子誇張地說：「夫人，整個冬天家裡都沒有女傭嗎？

妳一定很辛苦吧。」

「因爲我們想暫時過兩人世界。」

雪子答得乾脆，菊治不禁嚇了一跳。

「眞是不好意思。」

千佳子說著兀自點頭。

「夫人，妳還記得這個織部茶碗嗎？想必有深刻的回憶吧。作爲我的賀禮，這是最好的選擇……」

雪子狐疑地看向菊治。

「夫人也來火盆邊吧。」千佳子說。

「好。」

雪子往菊治的方向走去，和他肘碰肘地坐在一起。菊治忍著不笑出來，對千佳子說：

「不能白拿妳的。妳賣給我吧。」

「那怎麼行。這本是令尊的餽贈，就算我再怎麼落魄，也不能賣給菊治少爺，你想想看……」

千佳子當面駁回。轉而對雪子說：

「夫人，好久沒拜見妳的點茶了。能夠像妳這樣率眞而高雅地點茶的千金小姐，再無第二人。當初妳就是在圓覺寺的茶會上，用這織部茶碗替菊治少爺點茶吧，如今坐在這裡，那一幕又浮現眼前呢。」

雪子默然。

「要是能看見夫人用這織部茶碗，再次替菊治少爺點茶，我專程送來也算值得了。」

「可是，家裡沒有茶具。」雪子低著頭回答。

「喲，別這麼說嘛……點茶只要有茶刷就夠了。」

「啊……」

「請珍惜這個織部茶碗。」

「好。」

千佳子窺探菊治的臉色。

「雖說府上沒有茶具，但至少有水罐吧？我是說那件志野陶。」

「那是插花用的。」菊治慌忙說。

太田夫人留下的水罐，菊治終究不忍賣掉，也帶來了新家。一直放在壁櫥裡，幾乎都要忘了，此刻千佳子冷不防提起，菊治心頭一驚。

他也驀然察覺，千佳子對太田夫人的憎恨迄今未消。

雪子也隨菊治，送千佳子到門口。

千佳子站在門口仰望天空說：

「東京整片天空，彷彿染上城市的燈火……變得暖洋洋了呢。」

她說著，聳起一側肩膀搖晃著離去。

雪子依然坐在玄關。

「一直夫人長夫人短的，聽起來很刻意，怪討厭的。」

「的確討人厭。她應該不會再來了。」

菊治也在玄關站了一會。

「但她那句，『東京整片天空，彷彿染上城市的燈火』，說得很貼切啊。」

雪子走下玄關，拉開大門眺望天空。她轉身正要關門時，見菊治仍凝望著天空，顯得有點遲疑。

「可以關門了嗎？」

「好。」

「天氣真的暖和起來了。」

回到起居室，織部茶碗依然放在那裡。等雪子收拾好，菊治提議去街上走走。

他們走上高地的住宅區。來到行人稀落的街道，雪子主動拉起他的手。雪子似乎從事家務時分外注意保養雙手，但冬天泡了冷水，手掌還是變得粗硬。

「那個茶碗，不是平白收下，而是要向她買對吧？」雪子忽然說。

「對，那是要賣的。」

「我想也是。她是來賣茶碗的吧？」

「不。是我要賣給茶具店。賣得的錢再給栗本就行了。」

「啊，要賣掉？」

「妳那天在圓覺寺的茶席上，不也聽到了那只茶碗的淵源？剛才栗本也提了，那是我父親送給她的茶碗。在父親之前，本是太田家的收藏品。因爲有這段淵源……」

「可是，我不在意這種事。若是好茶碗，留著也無妨。」

「肯定是好茶碗。但正因是好茶碗，就算爲了茶碗本身，也該交給適合的茶具店，從此遠離我們的生活，消聲匿跡才好。」

菊治忍不住說了文子信上的「消聲匿跡」這個字眼。從栗本千佳子手裡取回茶碗，也是遵循文子信上的心願。

「那只茶碗自有它美好的生命，所以應該讓它離開我們活下去。只不過所謂『我們』之中，或許不包括雪子……茶碗本身具有強悍的美感，並未遭受不健康的妄念所纏繞。而是我們在這茶碗上，有著不堪回首的記憶，會帶著邪惡的眼光看待它。儘管我所說的『我們』，頂多五、六人罷了。過去不知上百人曾正確地珍惜使用這茶碗，據說它已有四百年的歷史。即便太田先生、我父親、甚至栗本擁有它的時間，在茶碗漫長的年歲中依舊非常短暫，就像微雲飄過的影子。但願它能落到健康的主人手中。在我們死後，我仍盼望那織部茶碗在某人手裡常保美麗。」

「哦？既然這麼想，不要賣掉豈非更好？我不介意的。」

「我不是捨不得放手。我對茶碗一向不執著，我只是想洗去我們附著在那茶碗上的汙垢。但是讓栗本收藏，也讓我覺得不舒服。好比說，她又像在圓覺寺茶會上那樣拿出來。茶碗不該受人們醜惡的孽緣束縛。」

「聽起來茶碗好像比人還高貴。」

「或許吧。我不懂茶碗，但那是由有眼光的人幾百年傳承下來，所以不該被我毀掉。還是讓它消聲匿跡的好。」

「若要留下來紀念我們之間的回憶，我也不介意的。」雪子那清亮的聲音再次強調。

「眼下我雖也不懂鑑賞，但等將來終於能體會那茶碗的美好，不也很有意思嗎……往事不需介懷。就這樣賣掉，日後想起不會遺憾嗎？」

「沒那回事。那只茶碗命中注定要離開我們，消聲匿跡。」

說起茶碗，還用上了命中注定這種字眼，菊治彷彿被利刃刺入胸口般想起文子。

他們漫步約一個半小時回到家。

要將火盆的炭火移至暖桌時，雪子忽以雙掌包覆菊治的手。似乎想讓菊治感受，右手和左手的溫度不同。

「要吃栗本師傅帶來的點心嗎？」

「不要。」

「這樣啊。點心之外也送了濃茶喔，說是京都的……」雪子毫無芥蒂地說。

菊治起身將織部茶碗的包袱放進壁櫥，望見壁櫥深處的志野水罐，他思忖不如連同茶碗一同賣掉。

雪子搽上面霜，取下髮夾，準備就寢。她解開頭髮，一邊梳頭一邊說：

「我也剪短頭髮吧？可以嗎？露出後頸，好像有點難爲情。」

雪子撩起頸後的長髮給菊治看。

口紅似是不易抹去，只見她將臉湊近鏡子，微啟朱脣，以紗布抹拭後端詳著。

在黑暗中向彼此的身體取暖，菊治沉落於內心深處，懷疑要這樣褻瀆神聖的憧憬至何時。然而，最純潔之物不會受任何之事玷汙，正因如此能原諒一切。難道那是不可能的嗎？菊治妄想著此等自私的救贖。

雪子睡著後，菊治抽回手臂，離開雪子的體溫後寂寞得可怕，果然不該結婚的徹骨悔恨，在旁邊冰冷的被窩等候。

三

連續兩天暮色，天空都暈染成一片淡紅。

菊治下班後，從電車上看出去，新建大樓窗口的燈光一律白晃晃的，他心下疑惑，那似乎是日光燈。彷彿在慶祝新大樓落成，每個房間燈火通明。大樓的斜上方，掛著近似滿月的月亮。

菊治抵達家門時，天空那抹淡紅不知是朝日落的方向牽引過去、抑或雲霧沉降，已是暮色四合。

走到家門轉角，菊治略感不安，伸手摸索西裝暗袋，確認那張支票還在。

只見雪子從隔壁人家的門口走出來，小跑步走進自家大門的背影。雪子沒發現菊治。

「雪子，雪子。」

雪子又從家門口探出身子。

「你回來了。剛才你看到了？」

她說著羞紅雙頰。

「我在鄰居家接妹妹的電話……」

「哦？」

菊治大感意外。什麼時候和鄰居熟到可以代接電話了？

「今天的天空也和昨天傍晚一樣呢。但是比昨天更晴朗溫暖。」

雪子仰望天空。

菊治換下衣服時，取出支票，放在茶櫃上。

雪子低頭收拾著菊治脫下的衣服，一邊說：

「妹妹打電話來，說昨天星期天本想和父親一起過來……」
「來家裡？」
「對呀。」
「直接過來不就好了……」
菊治若無其事地說。
雪子拿刷子刷去長褲灰塵的手倏然停下。
「你這話說得輕鬆……」她像要頂回去似的說：「可我先前才寫信回家，要他們暫時別來。」
菊治感到詫異，就要反問爲什麼。但他赫然醒悟，因爲還沒成爲眞正的夫妻，雪子不敢讓父親上門。
不料，雪子旋即仰望菊治說：
「我父親想來。我希望你能邀請他一次。」
菊治彷彿覺得雪子的目光很刺眼似的說：
「就算我沒邀請，他也可以來吧。」
「畢竟女兒都嫁出去了……好像還是不大妥當。」雪子毋寧是開朗地說。

說不定菊治還比雪子更害怕雪子的父親來訪。雪子沒提起，他倒眞沒發現。兩人婚後，他的確沒邀請過雪子的父母及兄弟姊妹來家裡。幾乎可說忘了雪子娘家的親人。由此可見，菊治深深困在自己與雪子這般異常的結合。也或許，就是因爲未能眞正結合，才會除了雪子之外什麼都無法思考。

但是，令菊治無力的太田母女那段回憶，總是如幻影迷蝶般縈繞腦海。菊治彷彿可以看見，在腦海幽暗盡頭翩翩飛舞的蝴蝶。那不是太田夫人的鬼魂，更像是菊治內心悔恨的化身。

然而，雪子寫信要求父親別來，已足夠讓菊治醒悟雪子暗藏的悲傷與困惑。正如栗本千佳子所疑心的，整個冬天雪子都沒僱女傭來幫忙，想必同樣是害怕女傭察覺夫妻之間的祕密。

話雖如此，雪子平日在菊治面前看似亮麗開朗，顯然並不只是努力安慰菊治的假象。

「妳那封信是什麼時候寄的？就是叫岳父別來的那封……」菊治小心探詢。

「這個嘛……應該是過了正月初七之後？正月時，你不是陪我一道回娘家嗎？」

「記得那天是初三。」

「那就是過了四、五天之後。正月初二，我父母忙著接待客人，所以我妹妹才一個人來拜年對吧？」

「嗯。她那天來傳話，希望隔天我們能去橫濱。」菊治也一邊回想。「可是，寫信叫岳父別來實爲不妥。不如請他下個星期天就來？」

「好。父親會很高興的。應該會帶妹妹一起來。或許他獨自前來會覺得不自在……？但說來奇怪，我也希望妹妹在場。」

有妹妹在，雪子也會比較輕鬆吧。雪子必定想盡可能避免父親察覺她與菊治不正常的婚姻。

雪子似乎事先燒了洗澡水，一去小浴室，就聽見她在調水溫的聲音。

「吃飯前先洗個澡吧。」

「就這麼辦。」

菊治泡在熱水中，忽聞雪子在玻璃門外呼喚：

「茶櫃上那張支票是怎麼回事？」

「哦，那是賣掉織部茶碗的錢。要給栗本的。」

「茶碗那麼貴呀？」

「不，也包括賣掉我們家水罐的錢。」

「我們家的那份有多少？」

「應該一半吧。」

「就算只有一半也是鉅款呢。」

「是啊。該用在什麼地方好呢？」

雪子見過那只織部茶碗，況且昨晚散步時也曾提起。但是志野水罐背後的淵源，雪子毫不知情。

雪子站在浴室的玻璃門外說：

「要是沒地方用，不如拿去買股票？」

「股票？」

菊治大感意外。

「我是說……」雪子打開玻璃門進來。「父親給了我和妹妹一人一筆相當於你那筆錢四分之一的錢，讓我們設法增值。於是我交給家中熟識的證券商，買了可靠的股票，跌就不賣，等漲了再賣掉改買別的。就這樣慢慢愈滾愈多。」

「唔。」

菊治彷彿見識到雪子娘家的家風。

「我和妹妹每天都看報紙上的股票版呢。」

「妳現在手裡還有股票？」

「有啊。但就是交給人家操作，我自己沒見過就是……跌就不賣，所以不會賠錢。」雪子單純地說。

「那好，那筆錢也交給替妳操作股票的人吧。」

菊治笑著看雪子。雪子穿著白色圍裙，腳下是紅色毛線襪。

「妳也進來泡一泡暖暖身子吧？」

雪子的眼神美麗地含羞帶怯。

「等我弄好晚餐再說。」她說著，翩然離去。

四

這個星期六，已進入三月。

父親與妹妹明天要來，因此雪子在晚餐後獨自上街採購，買了水果與鮮花回來，深夜還忙著打掃廚房。之後她坐在梳妝檯前，把玩頭髮許久。

「今天我眞的很想剪頭髮。你之前不就說了，我想剪短也行？可我怕嚇到父親就不好了……後來只讓人做了造型，但我不滿意，總覺得怪怪的。」她自說自話。

即便上床後，雪子似乎還是平靜不下來。父親和妹妹來訪眞有那麼開心嗎？菊治感到一絲嫉妒，心下卻明白，那是因爲雪子太過寂寞。他溫柔地擁她入懷。

「妳的手好冷。」

菊治將她那隻手放在自己的心口，一手摟住雪子的脖子。另一手從她的袖口伸進去摸她的肩。

「對我說說話。」

雪子移開嘴脣，轉動臉。

「這樣很癢。」

菊治說著，拂開雪子的頭髮，替她攏到耳後。

「還記得妳在伊豆山時，也要我對妳說說話嗎？」

「記不得了。」

菊治卻忘不了。那時，他在黑暗的底層，閉上顫抖的眼皮，想起文子，想起太田夫人，垂死掙扎地以為憑藉那種幻想，或許能讓自己得到力量，有勇氣面對雪子的純潔。明天雪子的父親就要來了，菊治暗忖今晚或許是最後期限。他再次試著想起太田夫人的女性情潮，卻只是更加增添雪子的清純。

「妳也說說話吧。」

「沒有話想說呀。」

「明天見到妳父親時，妳打算說什麼……？」

「向父親說的話，到時再想就行了。他應該只是想來家裡看看，看到我們過得幸福就安心了。」

菊治不作聲。雪子便將臉頰貼上他的胸口，然後也靜靜不動。

翌日，雪子的父親與妹妹在上午十點多來訪。雪子忙得團團轉，和妹妹笑個不停。才要吃提前的午餐，栗本千佳子來了。

「府上有客人啊。我想見菊治少爺一面，可以嗎？」

聽見她在玄關對雪子這麼說，菊治起身走過去。

「少爺將那只織部茶碗賣了嗎？是為了拿去賣，才向我索回嗎？賣了還將那筆錢給我到底是何用意？」千佳子咄咄逼人。「本想立刻上門問清楚，但我想菊治少爺只有星期天在家，只好勉強按捺住。雖然也可以夜裡來訪……」

千佳子從手提袋裡取出菊治的信。

「這個還給你。錢原封不動放在裡面，請你點收……」

「不，我希望妳收下這筆錢。」菊治說。

「我憑什麼收下這筆錢？這算是分手費？」

「別開玩笑了。事到如今，我還需要給妳什麼分手費嗎？」

「我想也是。說是分手費，卻是賣了那織部茶碗而得到的錢，怎麼都說不過去。」

「那本來就是妳的茶碗，我只是將賣掉茶碗的錢給妳。」

「我已經將茶碗送給你了。正是因爲你開口，況且我以爲那是慶祝你新婚最好的紀念。對我來說，那是令尊留給我的紀念啊……」

「妳就不能當作以那個金額賣給我嗎？」

「那可不行。就算我再怎麼落魄潦倒，也不可能將令尊送的東西賣給菊治少爺。這話我早先也說過了吧。而且居然賣給茶具店。非要我收下這筆錢的話，那我就去茶具店買回來。」

菊治心想，早知如此，眞不該老實在信裡寫下那筆錢是從茶具店得來。

「師傅先進屋再說吧……我父親和妹妹從橫濱來訪，所以別客氣。」這時，雪子溫婉地說。

「令尊來了……？哎喲，原來是這樣。這下子正好，我去給他請個安。」

千佳子忽然無力地垮下肩膀，自顧著點頭。

春之目[14]

一

枕邊的燈亮著。

菊治其實醒了，雪子卻未察覺，仰臥著動也不動。睡了一夜的熱呼呼被窩，也有了春的氣息。菊治猜想，雪子是起床前捨不得那春日的感觸，正爲之沉醉吧。

雪子仰臥著睡，似乎也是出於這個原因。雪子躺在菊治左邊，面朝右側睡，是打從結婚之初的習慣。那似乎是蜜月旅行住在伊豆山第一晚，雪子的床鋪放在左側時就已決定了。左邊那套被褥的花色華麗，一看就是女用。當時菊治不以爲意，但返家那晚，雪子沒問過菊治，就將自己的被褥鋪在左邊。

菊治本想問她：「妳在家裡都是朝哪一邊睡？」卻開不了口。雪子默默選擇睡左側，不由惹人憐惜。

14／ 本章〈春之目〉與下一章〈妻子的心思〉（未完）僅在《小說新潮》上連載，於川端生前並未收錄在《千羽鶴》續篇《波千鳥》中。然其內容確爲《千羽鶴》續篇而寫，故特別收錄之。

菊治必須非常自制，才能讓自己一直朝左側睡。不過，這樣睡會壓迫心臟。時間一久，累了就會轉爲仰臥。熟睡後也會不自覺翻身。

至於睡著的雪子，菊治即便半夜醒來，也沒看過她背對自己而睡。菊治很感動，思量著這或許是女人溫順的奉獻精神。不只是因爲妻子的義務，而是出於愛情。

然而，菊治眼前淸晰浮現北鎌倉那晚，太田夫人同樣躺在左側，心頭不禁燃起火苗。彷彿是要倉皇滅火，他又自問昔日那些妓女是如何躺的。他已記不清了。不過，女人似乎都在左邊，菊治多半在右邊。如此看來，不知是處在左邊爲女人的宿命，抑或菊治習慣讓女人待在左邊。總之，雪子對於躺在菊治左邊似乎毫無疑問或不便，讓菊治深感不可思議。而且，只要兩人沒離婚，這個習慣應該會持續到兩人死亡爲止吧。不僅僅左與右的位置，兩人之間肯定還會出現許多類似的習慣。大致上多半遵循世間夫妻的慣例，但其中應該也有只屬於菊治與雪子的習慣。

雪子很少仰臥。此刻她不知菊治正注視自己，仍獨自享受於春日淸晨的甦醒。她稍稍抬眼，睜開那雙大眼睛。

雪子的眼白微微泛藍，令人聯想到泛著細緻光澤的白瓷。菊治也見過肌理溫熱的白瓷。雪子淸純的貝齒與眼白，彷彿透出近似的光芒相互呼應。

此刻她於昨夜睡前抹去口紅的嘴脣緊閉，略微上翻的眼白，映照枕邊的燈光。

菊治剛睡醒，覺得渾身酥軟，正恍惚盯著雪子的側臉瞧，卻見雪子眼角滑下一行淚水。淚水緩緩朝耳邊流去，卻未落入耳中，停留在鬢角。

「怎麼了？」

菊治倏然伸手，抹去那行眼淚，但淚水源源不絕湧出。看似眼中含淚，又像是新湧出的淚水。

菊治沒有再伸手抹眼淚。

「爲什麼哭？」

「我做夢了。是噩夢。」

「什麼樣的夢？」

「好像是恐怖的夢……？」

「什麼恐怖的夢……？」

「我好害怕。」

雪子說，像要擦去淚水般雙手蒙眼，臉頰漲得通紅。

「到底是什麼恐怖的夢？」

雪子依舊搗著眼，扭過頭面對菊治。搗著眼的手肘緊緊併攏，看起來就像蒙住臉弓身護胸。菊治遂打消想擁抱她的念頭。

「我有沒有出聲？」雪子不安地問。

「我不知道。但我或許是被妳的聲音驚醒。」

「我好像也是被自己的聲音驚醒。看來是大聲喊了什麼吧。」

「不知道。我連到底有沒有聽見那聲音都不清楚。」

「眞討厭，故意看我笑話。」

雪子將手掌從雙眼移開，凝視著菊治。

「既然被我的聲音吵醒，爲什麼不喊我起來呢？明明醒了還裝睡。」

「不，因爲我沒聽到聲音。也許是妳叫喊後，過了一會我才清醒。沒察覺妳掉眼淚之前，還以爲妳睡得很舒服呢。」

「我好害怕。嚇得半天都流不出眼淚。」

「是什麼樣的夢？」

「不，就連要回想都……我很怕，已經記不清了。」

雪子說著便閉上眼，羞怯地將臉頰貼上菊治的胸口。

菊治察覺她說謊。雪子不是在說謊就是隱瞞。她做了一個不能告訴菊治的夢。倘若真做了噩夢，不至於露出追隨不捨的眼神或流淚，更不可能羞紅了臉。

菊治因突如其來的嫉妒而全身僵硬，他粗魯地將雪子摟進懷裡。一想到她是那種會夢見婚前舊情人的女子，菊治驀地感到渾身緊繃起來。

「好可怕。」

雪子抓緊菊治的睡衣前襟，彷彿緊抓著救命稻草。

菊治吻她，她的脣是冰冷的。只有菊治是火熱的。雪子的臉頰蒼白失去血色。菊治倏然感到無力，彷彿自己也因恐懼而戰慄。

該不會是太田夫人出現在雪子的夢裡吧。

雪子扭身鑽出菊治的懷抱，看了看時鐘說：

「要遲到了。」便從床鋪起身。

二

雪子打電話到公司，說栗本千佳子來了。菊治很訝異。

「栗本應該不會再來了才對。她怎麼說？」

「似乎很生氣。說是將那茶碗又從茶具店買回來，送了過來。」

「織部茶碗嗎？」

「是的。」

「她可真執著，真是夠了……」菊治不禁脫口而出，皺起眉頭。「她想怎麼樣？」

「她打算將茶碗還給我們，說要等你回來。」

「妳叫她帶回去吧。說我們家不需要那種東西……」

「你不想見她吧？」

「嗯，我不想見她。她不肯走？」

「我母親正好來家裡。我不想單獨見她，就讓母親作陪……」

「妳現在是去隔壁打電話……？」

「對，暫時借用，我想應該要通知你……」

菊治心想雪子在鄰居家也不方便說話，陷入沉默。

「喂？我母親那張嘴多半又停不下來。栗本師傅似乎逮到了聊天的好對象，眞糟糕。我暗地將母親叫去廚房悄聲叮嚀，但是不管用。」

雪子說著笑出聲來，語氣意外地開朗。

「也很難讓我母親先回去……你眞的不想見她？」

「是啊。可以的話，眞的不想再見到她……」

「那你晚點回來吧。先在外面找個地方坐坐……我會讓母親留到栗本師傅離開爲止，你別擔心家裡。」

「這樣對岳母不好意思。」

「不要緊。不過，要是栗本師傅堅持留下茶碗怎麼辦？那個價値三、四十萬吧？」

「栗本應該只是賭氣。我想她並不打算歸還，而是故意買回來擺在我面前，打算挖苦我一番罷了。」

「那我就還給她。」雪子的態度明確，又說：「你晚點再找地方打電話到隔壁，確認栗本師傅離開了沒有。」

雪子將鄰居的電話號碼告訴菊治。

這是菊治婚後頭一次喝醉酒回家。他並非酒量不佳，平時卻滴酒不沾。也沒想過要借酒澆愁，排遣太田夫人與文子帶來的煩悶。一方面也是因為沒有那樣的習慣與誘惑。

接到雪子的電話後一個小時，菊治漫步銀座，去擁擠的小酒館喝酒。

他固然不想見千佳子，卻更怕見到雪子的母親。三月的第一個星期天，雪子的父親帶著她妹妹來訪，似乎對這個和諧的新家庭很滿意。但父女倆走後，菊治陷入虛偽的空虛與落寞。雪子的喜悅，也令菊治痛苦。或許雪子的父親察覺到不尋常，才讓妻子來探訪。女人在那方面的直覺想必很敏銳。

猶記去年鳶尾花開時，千佳子初次邀請雪子去菊治家。菊治接到電話後，不願下了班就返家，便來這個酒館小坐。但待在酒館也坐立難安。太田夫人就是隔天夜裡過世的。

今晚，菊治在酒館也忐忑不安，喝了烈酒。剛入夜，女服務生顯得分外慵懶，菊治抓著女人硬要灌酒。女服務生豐腴白皙的手臂很柔軟。

「慢慢喝。要是我現在醉了，就不能做生意了，到時看你怎麼賠償我？」

女服務生說著，將自己的杯子推到菊治面前，臉頰發燙地倒向他懷裡。想到女人是裝醉，菊治的腦中湧上淡淡的情欲。他猛然起身，走出酒館。

雪子小跑步到玄關迎接他。

「人還沒走呢。」她對菊治耳語。

「你喝酒了？」

雪子臉色開朗地望著菊治。

千佳子也來到玄關。一手扶著紙門，肩膀呈奇妙的歪斜姿態。

「少爺回來了。等你好久了。你去賞花了嗎？」

「賞花……？哪裡有花開？」

菊治轉身背對她脫鞋。

「人造櫻花呀。在酒家那種地方應該已經開了吧。你分明很清楚。」

千佳子說著像要碰觸菊治的肩膀。

「我和你岳母相談甚歡。上次偶然有幸也見到你岳父，眞是有緣。」

「這種緣分完全沒必要……」

「就連那黑織部茶碗也是緣分喔。之前你岳父在場，不方便還你錢，我一離開就去了茶具店，織部茶碗還在呢。想到緣分未斷，我都哭了。志野水罐倒是賣掉了。」

千佳子又跟著他來到起居室。雪子在千佳子身後朝菊治說：「喝了酒應該不舒服吧？不如先去浴室沖個澡。」

說完對菊治使了眼色。

她替菊治拿衣服到浴室。

「她本來都準備要走了。你應該先打個電話再回來……」

「哦，我忘了。妳請媽吃晚餐了嗎？」

「準備好了，也叫了鰻魚外賣。可是她們都說要等你。」

「鰻魚冷掉就不好吃了。」

雪子彎腰朝他的西服低頭聞了聞。

「連衣服上都有酒味。」

菊治心想，該不會也有女服務生的香味吧。

等菊治坐下後，千佳子從套盒裡小心翼翼地取出織部，對雪子的母親講解這只茶碗值得鑑賞之處。

「嫩蕨的圖樣很適合當季，給親家太太點一杯茶吧，夫人。我帶了茶來。」

「我們家沒有茶杓，也沒有茶刷。」菊治說。

「濃茶的話，手指也行……」

「那多髒啊。」

菊治突然打了個冷顫。

終究還是沒點茶。千佳子說要將織部留在這個家，和菊治爭論起來。

「又要拿去賣嗎？那你不如在院子摔碎就行了。」

千佳子橫眉豎眼地看著菊治，最後仍拜託雪子的母親暫時保管茶碗，待雪子重拾茶道精神再交給雪子。

「沒問題。」雪子的母親二話不說便點頭同意。

菊治鬱悶地沉默不語。

妻子的心思

一

雪子的父親帶著她妹妹來訪，沒多久，雪子的母親也來了。菊治此後始終感到不安，深怕他們察覺女兒的新家庭有異狀才來刺探。

而且兩次都碰上栗本千佳子來訪，也令菊治感到非比尋常。彷彿過去的孽緣或亡魂糾纏不去。

然而，與雪子婚後從未想過邀請岳父來家中作客的菊治，肯定才不正常。

菊治欺騙雪子或許是明擺的事實，但他恐怕也欺騙了自己。籠罩那種黑暗的深淵，連菊治也無從窺知究竟多深。

同時，菊治也無從得知仍是處女的雪子，又是如何看待無能的菊治在愛情上的欺瞞。

「讓人不幸的人，經常在嘴上宣稱要讓別人幸福。妳放在鋼琴上的那本書裡就有這麼一句話。」

菊治對雪子說，垂下眼皮。

「我或許就是那樣。」

「才不是。你什麼也沒說，甚至說得太少了。我討厭那種宣稱要讓我幸福的人。」

「心裡這麼想，那和說出來不也一樣嗎？」

「不一樣。要是那麼想，任誰都會變得不幸吧？」

雪子美麗的雙眼，明顯籠上一層陰影。

「你認爲是你讓我變得不幸？」

菊治點頭。

「我絕非不幸。」

雪子斬釘截鐵地說，臉上泛起紅潮。

「是嗎？那本書上說，人既沒有自己所以爲的幸福，也並非那麼不幸。」

「或許吧，但這種話無關緊要。」

「要說是無關緊要的想法，的確無關緊要。」

菊治含糊地附和，但書裡的另一句箴言浮現心頭。那句話是：

「曾經燃燒巨大的熱情，如今清醒過來的人，是幸福又不幸的人。」

菊治看到這句話時，當下愣住了。他想起了太田夫人與文子。

雪子坐在鋼琴前，或許也看過這句話。菊治甚至覺得雪子彷彿此刻才得知太田夫人與文子的事。菊治不自覺望著入口的門。

那本書是《幸福論》。

然而事後回想那句話，菊治懷疑自己對太田夫人與文子是否眞的燃燒過巨大的熱情。燃燒熱情的人，是太田夫人與文子，恐怕並非菊治。

此外，菊治懷疑現在的自己是否已然清醒。太田夫人藉由尋死、文子藉由求去而冷卻了熱情。但菊治的熱度恐怕尙未退去。

倘若所謂的熱情理所當然會在燃燒後冷卻，那麼菊治並不具備那種熱情。不過，菊治認爲也不盡然。或許世上的確存在未曾燃燒、也從不冷卻的熱情；甚至可能也有比熱情更深的感情。罪惡感的悔恨與愛的嘆息不正是如此嗎？

還有，「幸福又不幸的人」，究竟是什麼樣的人？那似非意味著燃燒熱情時最幸福、冷卻時最不幸。而是因爲有過燃燒熱情的回憶，才叫做幸福又不幸，不是嗎？換個角度想，每個人都是幸福又不幸。

這句箴言未免過於單純，而且也太曖昧不清了。菊治感到，那幾乎是毫無意義的一句話。

但是對於太田夫人與文子，假若自己的確曾經燃燒巨大的熱情且如今已冷卻，菊治認爲自己應該還是可以像個健康正常的丈夫，愛著雪子。

菊治還是無法將這句箴言，對雪子說出口。

也許察覺菊治臉上的陰翳，雪子說：

「那天父親回家後，似乎對母親說：『雪子看起來很幸福。』」

「啊？」菊治失聲驚呼。

「哎喲，有什麼好驚訝的。所以母親才高興地來看我們。」

「是嗎？」

雪子的父親想必抱著「希望女兒幸福」的態度來探訪。而雪子也照著父親的心願佯裝出幸福。菊治如此思忖。

「我們倆成功騙過了他們呢。」

菊治露出親密的微笑。暗自鬆了一口氣。

「我才沒有騙他們。」

「對，妳沒有欺騙。妳天生就看起來很幸福……」

「難道你想讓我不幸？」

雪子說著拉起菊治的手。

「那我就表現出不幸的樣子給你看吧？」

她坐在菊治的腿上，耳鬢廝磨。雪子學會了透過肌膚的接觸傳達情感。

東京已櫻花綻放，雪子的肌膚也變得更細膩水潤。然而，菊治有時會撫摸她的肌膚，憑著觸感確認前夜雪子有沒有睡飽。他對雪子竟有如此在意。

二

菊治見雪子渾身無力，軟綿綿的，便移開了他的脣。

雪子將一邊的眼皮壓在菊治手臂上片刻後，夢囈般呢喃著：

「嚇我一跳。」

菊治做夢也沒想到，這種話聽來會如此甜美。

「好像去了一趟遠方。」

「遠方是哪裡……？」

「不知道。」

他慶幸著已經關上枕邊的燈。因爲他此刻的表情，就像一頭被繩索綑綁的野獸。

「去遠方吧。」

雪子在菊治的手臂上微微搖頭，稍微挪開臉。

「喏，明天不是星期天嗎？帶我去賞花吧。」

「不去遠方，而是去賞花嗎……去哪裡呢？」

「可以從千鳥淵去竹橋。」

「千鳥淵嗎？我不知道在哪。」

「沿著英國大使館朝皇居御所走過去就是千鳥淵，往讀者文摘那頭下行便是竹橋。那裡還有一座千鳥淵公園。」

「妳襯裙下襬就有千鳥的圖樣。妳喜歡千鳥這個詞吧？」

「那一帶的櫻花特別漂亮。我曾在花季坐車經過。車子駛過時起了風，吹動柏油路面散落的花瓣。後來我們的車在那條路上超越一輛觀光巴士，我聽見了巴士車窗傳來可愛的合唱聲，眞是美好。那輛車上載著一群小學生。九段一帶的街上也有很多櫻樹。可樹齡尚淺……從千鳥淵過去，道路一側是皇居庭院的嫩葉，另一側是河堤，花上未染塵埃。行至竹橋前，皇居護城河的石壁上攀著雜草之類的植物。」

「妳當時和誰去的？」

「就我一個人。獨自搭車經過，現在想再去一次。」

眞的是一個人嗎？菊治驀然起了疑心，彎起手臂，摟著雪子的脖子。

「後來沒做噩夢了？」

雪子沒回答，只是將臉深深埋進菊治的胸口，好讓自己無法開口。

「沒做噩夢了？」菊治又問。

雪子將雙掌貼上菊治的胸口，稍微移開臉喘著氣。菊治握住雪子的手，將她的小指和無名指放入口中。雪子吃了一驚，連忙抽出手指。

「很髒呢。」

「味道很好聞。」

「什麼味道……？」

「妳的體味。妳算是體味比較重的人吧。」

「討厭。」

雪子羞澀地挪動身子。

「春天一到，味道就更明顯了。」

「討厭。那我要噴點香水再睡。」

她說著就想從床鋪裡起身。

「我已經習慣妳的味道了。」

「是嗎？到底是什麼樣的味道，我自己都不知道。」

「不是那種狐臭，所以別放在心上。」

「你剛才問我有沒有做噩夢，後來就沒有了。」雪子拖到現在才回答。

菊治撫摸雪子的臉頰到下巴一帶。

「可是，妳昨晚也沒睡好吧？」

「你知道？」

「知道啊。」

「眞不能小看你呢，簡直是名偵探。」雪子揶揄的聲調好似女學生一般，又說：「用不著太在意我。」

「嗯。」

菊治放鬆身體。

「只不過，一旦沒睡飽，早上起來化妝時就很明顯。」

「爲什麼睡不飽？」

「可能是因爲樹木在萌芽吧。」

「說得好。」

菊治被逗笑了。

「是眞的。打從以前在娘家，每逢春天就會這樣。」

「妳前些日子說的恐怖的夢，是什麼樣的夢……？」

「很恐怖。」雪子只是這麼回答。

那天早上，雪子從夢中醒來時流淚了吧。倘若是恐怖的夢，年輕女子會爲此流淚嗎？

當時菊治心生嫉妒，此刻也湧上異樣的嫉妒。雪子坐在鋼琴前發呆時，難不成腦中也想著婚前的舊情人？

菊治似乎沒資格嫉妒。然而，嫉妒可不是根據資格而生。毋寧說愈不具資格，那份嫉妒心愈強烈。

倘若菊治能與雪子成爲眞正的夫妻，雪子或許會將婚前的淡淡戀曲，以及說要讓雪子幸福的對象，向菊治和盤托出。

從她因今夜的吻嚇到，還有蜜月旅行時的吻來判斷，菊治相信那不過是一段淡淡的戀情。雪子不是主動表態嫁給菊治的嗎？

但菊治也很清楚，愛的深淺有著無法以相處時間長短來衡量的一面。也有那種從未說過我愛你、連手都未曾碰過便結束的戀情，可卻是比死亡更強烈、至死不渝的愛。即便與別人結婚也不會消逝。

與雪子的夫妻關係，或許也不能斷言就比常人的婚姻更來得短淺吧。

「可是，妳從夢中醒來後哭了。」

菊治的聲音顫抖。

「你還記得啊？」雪子開朗地說：「從噩夢醒來，發現你就在身旁，我好高興。於是就流淚了。」

菊治的心結霎時消失。

心情放鬆之後，菊治在黑暗中綻放微笑，他想，雪子眞會說話。

不管雪子的話是真是假，菊治都被她惹人憐愛的話語驀然打動。

雪子伸著雙手揪住菊治的前襟，悄悄將額頭貼了上來。這是她表達愛意的舉動，這時候，她還沒學會露骨地摟住他。

三

菊治蛀牙疼，去看醫生。

那是曾替父親做假牙的牙醫，已有一定年歲，並非菊治常去看的醫生。

菊治覺得牙醫也算是醫生，於是佯作閒話家常般問起，本來四處風流的男人，婚後卻變得不舉，究竟是何緣故。

「哦。唔，多半是所謂的『relative psychical』。」

牙醫不當回事立刻回答。

「什麼意思……？」

「翻譯過來，就是關係性心因性症狀這個奇怪的名詞吧。換言之，是因爲人或對象所導致的陽痿。很常見啦。」

「哦……？」

「好比討厭妻子、憎恨妻子……」

「不是。」

「或是不滿妻子的某一點，覺得妻子很骯髒……」

「不、不是那樣。正好相反。」

「反過來也有可能喔。說不定相反的情況還更多呢。像是覺得自己特別卑微、或是過於崇拜妻子……這在男人之中很常見，並不是生病。」

菊治在治療椅上明明閉著眼，卻感覺這高大的老人格外耀眼，甚至令他眼皮發紅。又想到老人的禿頭，他幾乎要笑出來。

「不過，已婚應該不用太擔心。若是外面的女人，錯失良機多少會遺憾。可妻子隨時陪在身邊，只要保持輕鬆的心態，意識到隨時仍可和妻子親熱，這點小毛病自然會痊癒。用不著太緊張。」

「哦。」

菊治本想隨口附和。彷彿卸下重擔般渾身輕快，好不容易才壓下滔滔不絕的衝動。但他忘了嘴被撐開，根本說不了話。

他是從公司溜出來的，但他搭車直接返家。

一群女學生排成兩列經過日比谷公園旁。深藍制服與白領帶的隊伍，在公園的樹林及路旁行道樹的綠意中顯得格外鮮明。

自稱曾在千鳥淵櫻花夾道的路上，聽見觀光巴士車窗傳來小學生合唱的雪子，是否也曾有如此的感受呢？那個故事如今反倒令菊治感到格外清新。

雪子來到玄關，一臉詫異地看著菊治。

「怎麼回來了？」

她傾身想走下來。

「忘了拿東西？」

「被牙醫咯吱咯吱鑽牙，很不舒服。」

菊治說著，笑嘻嘻張開雙臂。

「——騙妳的，只是忽然想見妳。」

「哎喲。」

雪子落入菊治張開的雙臂中。

這就是隨時可以親熱的女人嗎？菊治毋寧是抱著神祕的喜悅擁抱她，但他終究說不出牙醫的那套論調。

「難道冥冥中自有預兆？」雪子嘟囔。

「妳預感我會提早回來？」

「我正想打電話給你……」

「真的？」

「聽說栗本師傅病倒了……」

「啊？」

菊治霎時渾身發涼。

「剛剛接到的通知。」

「誰來通知的？」

「也是茶道師傅，比栗本師傅年輕許多，應該是她的朋友。」

菊治鬆開雪子，在玄關坐下。

「說是今天音羽的護國寺舉辦大型茶會……栗本師傅也出席了，回程走下石階時，一旁杜鵑花正盛放，她還向同伴說花開得眞美，轉眼就搖晃著倒下……」

栗本千佳子那左邊乳房至心窩一帶的大塊胎記，又浮現菊治眼前。那胎記帶著青紫和烏黑的顏色，就像牛肝腐爛的顏色。

「聽說已被送往醫院。」

「在石階摔傷了？」

「好像沒受傷。對方說是心臟的問題。」

「心臟？那老太婆的心臟可比一般人強大……」

想到千佳子的心臟就在那塊胎記的正下方，菊治不寒而慄。

「來報訊的是女人……？」

「是女人，年過四十……」

雪子說著，緊挨著菊治坐下幾乎膝頭相觸。

「我正猶豫著要不要打電話到你公司，你就回來了。」

「我可不是爲了那種事回來。」

菊治語氣不禁變得粗暴。

「是栗本叫人通知我們？」

「應該是……要去探病嗎？」

「怎麼可能。」雪子觀察菊治的臉色後又說：

「不去沒關係嗎？栗本老師孑然一身吧。」

「既已斷絕關係，無需再聯絡。」

「那只織部茶碗，我已經歸還了。拜託來報訊的女人轉交給她。」

「是嗎？那就好。妳做得對。」

「我也是一直耿耿於懷。況且賣掉了，師傅就可拿那筆錢好好療養。我是基於這個動機才退還。」

雪子說得很單純，菊治感到千佳子那股執念帶來的陰影似乎漸漸淡去。

千佳子將黑織部茶碗買回來，交還給菊治時，菊治不肯收下，於是千佳子交給雪子的母親保管。但雪子母親不可能拿回家，便留在菊治夫妻家中。

「看來沒打電話是對的。今後就算又有人來說什麼，我也不打算理會。」

雪子的聲音聽來就像在唱歌。菊治點點頭。

菊治父子兩代的悖德與汙點，如今又被雪子喚醒記憶。菊治渴望著依賴雪子的明淨得到救贖。

惑。

話又說回來，菊治正好在千佳子病倒的消息傳來之際返家，也像是被那詛咒的絲線所誘

菊治沒有去探病。後來千佳子寄上謝函，聲稱病情好轉已出院回家休養。

就在五月中旬前，聽聞千佳子心臟麻痺過世。千佳子獨居，死時無人知曉。是鄰居看她

家過了中午仍未開門起疑，這才發現。醫生推斷，應是死於凌晨兩點至四點之間。

（未完）

川端康成年譜

明治三十二年（一八九九）

六月十四日，生於大阪市天滿此花町，為父親榮吉與母親源之子。其上有一姊芳子。父親為醫師，熱愛漢學。

明治三十四年（一九〇一）　二歲

一月，父逝。

明治三十五年（一九〇二）　三歲

一月，母逝。隨祖父母移居原籍地大阪府三島郡豐川村。姊姊寄養於大阪府東成郡鯰江村的姨母家，姊弟分離。

明治三十九年（一九〇六）　七歲

入學就讀豐川村小學校。九月，祖母逝。從此與祖父相依為命。

明治四十二年（一九〇九）　十歲

七月，姊逝。

明治四十五年・大正元年（一九一二）　十三歲

進入大阪府立茨木中學。大量閱讀《新潮》、《中央公論》等小說和文藝刊物，中學二年級時便立志成為小說家。

大正三年（一九一四）　十五歲

五月，祖父逝。成為孤兒，被豐里村的舅舅家收養。

大正四年（一九一五）　十六歲

三月，入住茨木中學的宿舍，直到畢業。嗜讀白樺派的作品。

大正五年（一九一六）　十七歲

開始向雜誌投稿短歌、俳句，並為茨木的小報撰寫短篇小說與短文。

大正六年（一九一七）　十八歲

一月，英語老師倉崎仁一郎猝死，以〈為恩師抬棺〉（師の柩を肩に）一文投稿於石丸梧平的雜誌《團欒》，獲刊，昭和二年三月改題為〈倉木老師的葬禮〉重刊於《KING》。

三月，中學畢業後，前往東京。寄居於淺草藏前的表兄家，常去淺草公園。九月，進入第一高等學校一部乙類（英文），住校。最常閱讀俄國文學。

大正七年（一九一八）　十九歲

秋，初次赴伊豆旅行。途中與流浪藝人一行人結伴而行。此後十年，每年均前往湯島溫泉。

大正九年（一九二〇）　二十一歲

七月，自一高畢業，進入東京帝國大學英文科。與石濱金作、酒井真人等同窗及今東光籌畫《新思潮》的第六度出刊，為承襲雜誌之名前往拜訪菊池寬以徵求同意。從此長期受菊池照拂。

大正十年（一九二一）　二十二歲

二月，《新思潮》第六度復刊。四月，發表〈招魂祭一景〉，成為出道作品。同年，在菊池家認識橫光利一、久米正雄、芥川龍之介等人。

九月至十一月，經歷與伊藤初代訂婚、又遭單方面悔婚的打擊。

四月，〈招魂祭一景〉（新思潮）

七月，〈油〉（新思潮）

大正十一年（一九二二）　二十三歲

六月，由英文科轉至國文科。是年起於《新思潮》、《文章俱樂部》、《時事新報》等撰寫小品與文評。

大正十二年（一九二三）　二十四歲

一月，菊池寬創立《文藝春秋》，自第二期起加入編輯群。

五月，〈會葬的名人〉（文藝春秋，後改題爲〈葬禮的名人〉）

七月，〈南方之火〉（新思潮）

大正十三年（一九二四）　二十五歲

三月，自東京帝國大學畢業。畢業論文為〈日本小說史小論〉。十月，與片岡鐵兵、横光利一、今東光、中河與一、佐佐木茂索等二十來人創刊《文藝時代》，「新感覺派」誕生。

大正十四年（一九二五）　二十六歲

結識秀子，展開婚姻生活（但此時尚未正式登記結婚）。

八月，〈十七歲的日記〉（文藝春秋，後改題爲〈十六歲的日記〉）

十二月，〈白色滿月〉（新小説）

大正十五年・昭和元年（一九二六）

與片岡鐵兵、横光利一、岸田國士加入衣笠貞之助的新感覺派電影聯盟。川端的劇本《瘋狂的一頁》拍成電影，獲全關西電影聯盟推舉為是年的優秀電影。

一月，〈伊豆的舞孃〉（文藝時代，二月完結）

六月，《感情裝飾》處女短篇集（金星堂）

昭和二年（一九二七）　二十八歲

四月，自湯島回東京，居於高圓寺。十一月，移居熱海。

三月，《伊豆的舞孃》短篇集（金星堂）

四月，〈梅之雄蕊〉（文藝春秋）

五月，〈柳綠花紅〉（文藝時代，日後與前作合併，改寫爲〈春景〉）

昭和四年（一九二九）　三十歲

九月，移居上野櫻木町。常去淺草公園取材，認識了劇團Casino Folies的跳舞女郎。十月，與堀辰雄、深田久彌、永井龍男等加入同人雜誌《文學》，犬養健、橫光利一也一同加入。

十月，〈溫泉旅館〉（改造）

十二月，〈淺草紅團〉（東京朝日新聞，五年二月完結）

昭和五年（一九三〇）　三十一歲

四月，在文化學院、日本大學授課。九月《淺草紅團》電影上映。

六月，〈春景〉（《十三人俱樂部》第一集）

十二月，《淺草紅團》（先進社）

昭和六年（一九三一）　三十二歲

與古賀春江、高田力藏等畫家相識相熟。

一月，〈水晶幻想〉（改造）

昭和七年（一九三二）三十三歲

三月，伊藤初代來訪。梶井基次郎去世。

一月，〈給父母的信〉（若草，後分四篇刊載，於九年一月完結）

二月，〈抒情歌〉（中央公論）

九月，〈化妝與口哨〉（朝日新聞，十一月完結）

十月，〈慰靈歌〉（改造）

昭和八年（一九三三）三十四歲

二月，《伊豆的舞孃》登上銀幕。十月，與武田麟太郎、林房雄、小林秀雄、豐島與志雄、里見弴、宇野浩二、深田久彌等人創辦雜誌《文學界》。

七月，〈禽獸〉（改造）

十二月，〈臨終之眼〉（文藝）

昭和九年（一九三四）三十五歲

二月，直木三十五逝。三月，因松本學成為文藝懇談會的會員。十二月，至越後旅行。

三月，〈虹〉（中央公論）

五月，〈文學自傳〉（新潮）

昭和十年（一九三五）　三十六歲

一月，芥川獎設立，成為評審委員。冬，受居住於鎌倉淨明寺宅間谷的林房雄之邀，移居其鄰家。此後定居鎌倉至逝世。

一月，〈夕景色之鏡〉（文藝春秋）、〈白朝之鏡〉（改造，兩者均爲《雪國》的獨立篇章）

七月，〈純粹之聲〉（婦人公論）

十月，〈童謠〉（改造）

昭和十一年（一九三六）　三十七歲

一月，《文藝懇談會》創刊，任編輯。是年，新潮獎、池谷信三郎獎設立，任評審委員。

一月，〈義大利之歌〉（改造）

四月，〈花的圓舞曲〉（改造，五月完結）

十月，〈父母〉（改造）、〈女性開眼〉（報知新聞，十二年七月完結）

昭和十二年（一九三七）　三十八歲

七月，《雪國》與尾崎士郎的《人生劇場》同獲文藝懇談會獎。十二月，北條民雄逝。是年，移居鎌倉二階堂。

六月，《雪國》（創元社）

十一月，〈高原〉（文藝春秋，此中篇小說後以變換篇名續寫的形式在各種雜誌發表過，共計五次）

昭和十三年（一九三八）　三十九歲

四月，觀賞本因坊秀哉名人引退棋戰。

七月，〈名人引退棋賽觀戰記〉（東京日日新聞、大阪每日新聞連載至十二月，後幾經改寫為〈名人〉）

昭和十四年（一九三九）　四十歲

二月，任菊池寬獎評審委員。於熱海過冬。

昭和十五年（一九四〇）　四十一歲

三月，與橫光利一、片岡鐵兵前往東海道旅行。

昭和十六年（一九四一）　四十一歲

一月，〈母親的初戀〉（婦人公論，後以〈我愛的人們〉系列連載至十二月）

春季至初夏，遊滿洲。九月，應關東軍之邀，與大宅壯一、火野葦平等人再度前往滿洲。於奉天、北京各停留一個月，於大連停留數日，十二月，太平洋戰爭開戰前夕回國。

昭和十七年（一九四二）　四十三歲

八月，以島崎藤村、志賀直哉、里見弴、武田麟太郎、瀧井孝作為編輯，創辦季刊誌《八雲》。

八月，〈名人〉（八雲）

昭和十八年（一九四三）　四十四歲

三月，前往大阪收黑田政子為養女。

五月，〈故園〉（文藝，斷續連載至二十年一月，未完）

八月，〈夕日〉（日本評論，斷續連載至十九年）

昭和十九年（一九四四）　四十五歲

四月，以〈故園〉、〈夕日〉等作品獲菊池寬獎。十二月，片岡鐵兵逝。

昭和二十年（一九四五）　四十六歲

三月，〈夕日〉續篇（日本評論）

四月，以海軍報導組員身分前往鹿兒島縣鹿屋的空軍基地。五月，與久米正雄、中山義秀、高見順等居住於鎌倉的作家開設租書鋪「鎌倉文庫」。後成為出版社鎌倉文庫，於日本橋成立事務所。熟讀《源氏物語》。

昭和二十一年（一九四六）　四十七歲

一月，鎌倉文庫創辦《人間》雜誌。三島由紀夫來訪。是年，移居鎌倉長谷。

二月，〈重逢〉（世界）

十二月，〈山茶花〉（新潮）

昭和二十二年（一九四七）　四十八歲

七月，新潮文庫出版戰後第一部作品《雪國》。十二月，橫光利一逝。

昭和二十三年（一九四八）　四十九歲

三月，菊池寬逝。六月，就任日本筆會會長。太宰治自殺。

一月，〈再婚者手記〉（新潮，斷續連載後於八月完結，後改題爲〈再婚者〉）

二月，〈橫光利一弔辭〉（人間）、《川端康成全集》十六卷（新潮社出版，昭和二十九年四月出齊）

十月，〈信〉（風雪別冊，後改題爲〈反橋〉）

昭和二十四年（一九四九）　五十歲

十一月，應廣島市之邀與筆會的豐島與志雄等人視察原爆災情。

昭和二十五年（一九五〇）　五十一歲

三月，鎌倉文庫結束營業。四月至五月和筆會成員一同訪問廣島、長崎。

四月，〈時雨〉（文藝往來）、〈住吉物語〉（個性，後改題爲〈住吉〉）

五月，〈千羽鶴〉（讀物時事別冊）

九月，〈山之音〉（改造文藝）

十二月，〈舞姬〉（朝日新聞，二十六年三月完結）

昭和二十六年（一九五一）　五十二歲

二月，伊藤初代逝。

五月，〈玉響〉（別冊文藝春秋）

昭和二十七年（一九五二）　五十三歲

〈千羽鶴〉獲二十六年度藝術院獎。

昭和二十八年（一九五三）　五十四歲

二月，〈月下之門〉（新潮，斷續連載，十一月完結）

十一月，與永井荷風、小川未明一同獲選為藝術院會員。

昭和二十九年（一九五四）　五十五歲

以〈山之音〉獲野間文藝獎。

一月，〈湖〉（新潮，十二月完結）

七月，《吳清源棋談．名人》（文藝春秋新社）

昭和三十年（一九五五）　五十六歲

一月，〈伊豆的舞孃〉英譯（由賽登斯蒂克〔Edward George Seidensticker〕編譯）刊登於《大西洋月刊》。

一月，〈某人的一生中〉（文藝，連載至三十二年一月，未完）、《東京人》（一、五、十、十二月，新潮社）

昭和三十一年（一九五六）　五十七歲

二月，《彩虹幾度》（河出書房）

二月，前往《雪國》拍攝地越後湯澤。

三月，〈身爲女人〉（朝日新聞，十一月完結）

昭和三十二年（一九五七）　五十八歲

三月，為出席國際筆會執行委員會赴歐，會見莫里亞克、艾略特等人，五月回國。以日本筆會會長身分，為九月東京召開的國際筆會大會盡心盡力。

昭和三十三年（一九五八）　五十九歲

二月，就任國際筆會副會長。三月，獲菊池寬獎。六月，至沖繩旅行。晚秋，因膽囊炎住院。

昭和三十四年（一九五九）　六十歲

四月，出院。七月，於法蘭克福的國際筆會大會獲頒歌德獎章。

昭和三十五年（一九六〇）　六十一歲

五月，受美國國務院之邀赴美。七月，出席於巴西召開的國際筆會大會，八月回國。獲頒法國藝術與文學軍官勳章。

昭和三十六年（一九六一）　六十二歲

一月，〈睡美人〉（新潮，三十六年十一月完結）

十一月，日本政府授予文化勳章。

一月，〈美麗與哀愁〉（婦人公論，三十八年十月完結）

十月，〈古都〉（朝日新聞，三十七年一月完結）

昭和三十七年（一九六二）　六十三歲

一月，出現安眠藥的戒斷症狀，住院。十月，加入世界和平七人委員會。十一月，《睡美人》獲每日出版文化獎。

昭和三十八年（一九六三）　六十四歲

四月，財團法人日本近代文學館創立，任監事。

昭和三十九年（一九六四）　六十五歲

六月，出席於奧斯陸舉辦的國際筆會大會。七月谷崎潤一郎逝。

昭和四十年（一九六五）　六十六歲

一月，〈某人的一生中〉（文藝，定稿）

六月，〈蒲公英〉（新潮，斷續連載至四十三年十月，未完）

十月，辭任日本筆會會長。

昭和四十一年（一九六六）　六十七歲

一至三月，入東大醫院治療休養。六月，赴松江旅行。

九月，〈玉響〉（小說新潮，連載至四十一年三月，未完；此爲NHK晨間連續劇所寫的小說，與二十六年發表的小說同名）

五月，《落花流水》散文集（新潮社）

昭和四十二年（一九六七）　六十八歲

二月，針對中國文化大革命，與石川淳、安部公房、三島由紀夫聯合發表聲明，呼籲「維護學術與藝術的獨立自主」。

十二月，《月下之門》（大和書房）

昭和四十三年（一九六八）　六十九歲

六至七月，於參議院選舉時擔任今東光的競選總幹事。十月，獲瑞典皇家科學院授予諾貝爾文學獎。十二月，於瑞典學院以〈我在美麗的日本——其序論〉為題，發表紀念演說。

十二月，〈秋野〉（新潮）

昭和四十四年（一九六九）　七十歲

一月，結束領取諾貝爾獎的歐洲之旅回國。三月，前往檀香山。四月，獲選美國藝術文學院榮譽會員。五月，於夏威夷大學發表題為〈美的存在與發現〉的紀念演說。《川端康成全集》（新潮社）刊行。六月，獲同大學的榮譽文學博士，回國。九月，出席舊金山拓荒百年紀念日本週，舉辦特別演講〈日本文學之美〉。

一月，〈夕日野〉（新潮）

昭和四十五年（一九七〇）　七十一歲

六月，出席臺北舉辦的亞洲作家會議並發表演說。同月底，出席首爾的國際筆會大會，於漢陽大學舉行紀念演說〈以文會友〉。十一月，三島由紀夫切腹自決。

一月，〈伊藤整〉（新潮）
三月，〈鳶舞西空〉（新潮）
四月，〈蓄髮〉（新潮）
十二月，〈竹聲桃花〉（中央公論）

昭和四十六年（一九七一）　七十二歲

一月，任三島由紀夫治喪委員長。四月，全力支持秦野章競選東京都知事。

一月，〈三島由紀夫〉（新潮）
四月，〈書法〉（新潮，五月分載）
十一月，〈隅田川〉（新潮）
十二月，〈志賀直哉〉（新潮，連載至四十七年三月，未完）

昭和四十七年（一九七二）　七十二歲

三月七日，因急性盲腸炎住院開刀，十五日出院。四月十六日，於逗子海洋華廈內的書房以煤氣自殺。《岡本加乃子全集》的序文成為絕筆。

九月，《蒲公英》（新潮社，未完的長篇遺作）

昭和四十八年（一九七三）

一月，《竹聲桃花》（新潮社，遺作集）

四月，《現代日本文學集　川端康成》（學習研究社）、《定本　圖錄川端康成》（日本近代文學館編，世界文化社）

（本年譜參照《新潮　川端康成讀本》編製）

千羽鶴

川端康成作品集 05

作　　者　川端康成
譯　　者　劉子倩
社　　長　陳蕙慧
總 編 輯　戴偉傑
責任編輯　周奕君・戴偉傑
行銷企畫　陳雅雯・趙鴻祐
封面設計　IAT-HUÂN TIUNN
內頁排版　宸遠彩藝
集團社長　郭重興
發 行 人　曾大福
出　　版　木馬文化事業股份有限公司
發　　行　遠足文化事業股份有限公司
地　　址　231新北市新店區民權路108之4號8樓
電　　話　02-22181417
傳　　真　02-86671065
Email　service@bookrep.com.tw
郵撥帳號　19588272 木馬文化事業股份有限公司
客服專線　0800221029
法律顧問　華洋國際專利商標事務所　蘇文生律師
印　　刷　前進彩藝有限公司
初　　版　2023年5月
定　　價　380元
ISBN　978-626-314-426-2
有著作權，侵害必究
歡迎團體訂購，另有優惠，請洽業務部02-22181417分機1124
特別聲明：有關本書中的言論內容，不代表本公司／
出版集團之立場與意見，文責由作者自行承擔。

國家圖書館出版品 預行編目(CIP)資料

千羽鶴/川端康成著；劉子倩譯. -- 初版. --
新北市：木馬文化事業股份有限公司出版：
遠足文化事業股份有限公司發行, 2023.05
　320面；14.8 X 21　公分. -- (川端康成作品集；5)
譯自：千羽鶴
ISBN 978-626-314-426-2(平裝)
861.57　112005425

千 羽 鶴

Senbazuru